U0868431

读客文化

# 楚留香新传1

## 借尸还魂

古龙 著

文汇出版社

# 楚留香这个人（代序）[1]

江湖中关于楚留香的传说很多，有的传说简直已接近神话，有人说他“驻颜有术，已长生不老”，有人说他“化身千万，能飞天遁地”，有人喜欢他，也有人恨他入骨。但真正见过他的人却并没有几个，真正能了解他的人当然更少了。

他究竟是个怎么样的人呢？

他年纪已不算小，但也绝不能算老。

他喜欢享受，也懂得享受。

他喜欢酒，却很少喝醉。

他喜欢善舞的女人，所以一向很尊敬她们。

他嫉恶如仇，却从不杀人。

他痛恨为富不仁的人，所以常常将他们的钱财转送出去。受过他恩惠的人，多得数也数不清。

他有很多仇人，但朋友永远比仇人多。只不过谁也不知道他的武功深浅，只知道他这一生与人交手从未败过。

他喜欢冒险，所以他虽然聪明绝顶，却常常要做傻事。

他并不是君子，却也绝不是小人。

---

1　本文最初刊载于1978年出版的《楚留香传奇续集》。——编者注

江湖中的人，大多都尊称他为“楚香帅”，但他的老朋友胡铁花却喜欢叫他“老臭虫”。

楚留香就是这么样一个人！

他这一生中实在是多彩多姿，充满了传奇性。

也许就因他是这样一个人，所以无论他走到哪里，都会遇到一些与众不同的人，发生一些不同凡响的事。

只要有关他的故事，就一定充满了不平凡的刺激。

楚留香的故事，我只写过五篇[1]，有：

《血海飘香》《大沙漠》《画眉鸟》《蝙蝠传奇》和《桃花传奇》。若还有第六篇，恐怕就是别人冒名写出来的了。

对于那些冒“古龙”的名，写“楚留香”故事的人，我虽然觉得啼笑皆非，却也很感激他们的“好意”。因为他们至少对“古龙”这名字还看得起，至少也和我一样，觉得“楚留香”这人很有趣。

只可惜他们的写法和做法未免有些无趣而已。

楚留香的故事，每篇都是完全独立的。

古龙

1 当年出版时，《借尸还魂》被纳入《蝙蝠传奇》，当时还没有《新月传奇》和《午夜兰花》，故只有五篇。——编者注

# 目　录

# 第一章

## 借尸还魂

这不是鬼故事，却比世上任何鬼故事都离奇可怖。

九月二十八，立冬。

这天在掷杯山庄发生的事，楚留香若非亲眼见到，只怕永远也无法相信。

掷杯山庄在松江府城外，距离名闻天下的秀野桥还不到三里，每年冬至前后，楚留香几乎都要到这里来住几天。因为他也和季鹰先生张翰一样，秋风一起，就有了莼鲈之思；因为天下唯有松江秀野桥下所产的鲈才是四鳃的，而江湖中人谁都知道，掷杯山庄的主人左二爷除了掌法冠绝江南外，亲手烹调的鲈鱼脍更是妙绝天下。

江湖中人也都知道，普天之下能令左二爷亲自下厨房，洗手做鱼羹的，总共也不过只有两个人而已。

楚留香恰巧就是这两人其中之一。

但这次楚留香到掷杯山庄来，并没有尝到左二爷妙手亲调的鲈鱼脍，却遇到了一件平生从未遇到过的，最荒唐、最离奇也最可怖的事。

他从来也不信世上竟真会有这种事发生。

左二爷和楚留香一样，是最懂得享受生命的人，他不求封侯，但求常乐，所以自号“轻侯”。

掷杯山庄中有江南最美的歌妓，最醇的美酒，马厩中有南七省跑得最快的千里马，大厅中也有最风雅的食客。

但左二爷最得意的事却还不是这些。

左二爷平生最得意的有三件事。

第一件令他得意的事，就是他有楚留香这种朋友，他常说宁可砍下自己的左手，也不愿失去楚留香这个朋友。

第二件令他得意的事，是他有个世上最可怕的仇敌，那就是号称“天下第一剑客”的“血衣人”薛大侠。

他和薛衣人做了三十年的冤家对头，居然还能舒舒服服地活到现在，薛衣人虽然威震天下，却也将他无可奈何。

这件事左二爷每一提起，就忍不住要开怀大笑。

第三件事，也是他最最得意的一件事，那就是他有个最聪明、最漂亮也最听话的乖女儿。

左二爷没有儿子，但从来不觉得遗憾，只因他认为他这女儿比别人两百个儿子加起来都强胜十倍。

左明珠也的确从来没有令她父亲失望过。她从小到大，几乎从没有生过病，更没有惹过任何麻烦。现在她已十八岁，却仍和两岁时一样可爱，一样听话。

她的武功虽然并不十分高明，但在女人中已可算是佼佼者了，到外面去走了两趟之后，也有了个很响亮的名头，叫“玉仙娃”。

虽然大家都知道，江湖中人如此捧她的场，至少有一半是看在左二爷的面上，但左二爷自己却一点也不在意。

左二爷并不希望他女儿是个女魔王。

何况，她也并没有太多的时间去练武，她不但要陪她父亲下棋、喝酒，还要为她父亲抚琴、插花、填词、吟诗——她无论做任何事，都是为她父亲做的，因为她生命中还没有第二个男人。

总而言之，这位左姑娘正是每个父亲心目中所期望的那种乖女儿，左二爷几乎从来没有为她操过心。

——直到目前为止，左二爷还未为她操过心。

但现在，现在这件最荒唐、最离奇、最神秘、最可怖，几乎令人完全不能相信的事，正是发生在她身上。

九月，寒意已经很重了。

但无论在多冷的天气里，只要一走进掷杯山庄，就会生出一种温暖舒适的感觉，就好像疲倦的浪子回到了家一样。

因为掷杯山庄中上上下下每个人，面上都带着欢乐而好客的笑容，即使是守在门口的门丁，对客人也是那么殷勤而有礼。你还未走进大门，就会嗅到一阵阵酒香、菜香、脂粉的幽香、花木的清香，就会听到一阵阵悠扬的丝竹管弦声、豪爽的笑声和碰杯时发生的清脆声响。

这些声音像是在告诉你，所有的欢乐都在等着你，那种感觉又好像一双走得发麻的脚泡入温水里。

但这次，楚留香还远在数十丈外，就觉得情况不对了。

掷杯山庄那两扇终年常开的黑漆大门，此刻竟紧闭着，门口竟冷清清的，瞧不见车马。

楚留香敲了半天门，才有个老头子出来开门，他见到楚留香，虽然立刻就露出欢迎的笑容，却显然笑得很勉强。

昔日那种欢乐的气氛，如今竟连一丝也看不到了。

院子里居然堆满了落叶未扫，一阵阵秋风卷起了落叶，带给人一种说不出的凄凉萧索之意。

等到楚留香看到左轻侯时，更吃了一惊。

这位江湖大豪红润的面色，竟已变得苍白而憔悴，连眼睛都凹了下去，才一年不见，他好像就已老了十几岁。

在他脸上已找不出丝毫昔日那种豪爽乐天的影子，勉强装出来的笑容也掩不住他眉宇间那种忧郁愁苦之色。

大厅里也是冷清清的，座上客已散，盛酒的金樽中却积满了灰尘，甚至连梁上的燕子都已飞去了别家院里。

掷杯山庄中究竟发生了什么惊人变故，怎会变成如此模样？楚留香惊奇得几乎连话都说不出来。

左二爷紧紧握住了他的手，也是久久都说不出话。

楚留香忍不住试探着问道："二哥你……你近来还好吗？"

左二爷道："好，好，好……"

他一连将这"好"字说了七八遍，目中似已有热泪将夺眶而出，把楚留香的手握得更紧，嗄声道："只不过明珠，明珠她……"

楚留香动容道："明珠她怎么样了？"

左轻侯沉重地叹息了一声，黯然道："她病了，病得很重。"

其实用不着他说，楚留香也知道左明珠必定病得很重，否则这乐天的老人又怎会如此愁苦。

楚留香勉强笑道："年轻人病一场算得了什么？病好了反而吃得更多些。"

左轻侯摇着头，长叹道："你不知道，你不知道，这孩子生的病，是……是一种怪病。"

楚留香道："怪病？"

左轻侯道："她躺在床上，滴水未进，粒米未沾，不吃不喝已经快一个月了，就算你我也经不起这么折磨的，何况她……"

楚留香道："病因查出来了吗？"

左轻侯道："我已将江南的名医都找来了，却还是查不出这是什么病，有的人把了脉，甚至连方子都不肯开，若非靠张简斋每天一帖续命丸子保住了她这条小命，这孩子如今只怕早已……早已……"

他语声哽咽，老泪已忍不住流了下来。

楚留香道："二哥说的张简斋，可是那位号称'一指判生死'的神医名侠简斋先生？"

左轻侯道："嗯。"

楚留香展颜道："若是这位老先生来了，二哥还有什么不放心的？只要他老先生肯出手，天下还有什么治不好的病？"

左轻侯道："你不知道……你不知道，他本来也不肯开方子的，只不过……"

突见一位面容清癯、目光炯炯的华服老人匆匆走了进来，向楚留香点点头，就匆匆走到左轻侯面前，将一粒丸药塞入他嘴里，道："吞下去。"

左轻侯不由自主吞下了丸药，讶然道："这是为了什么？"

老人却已转回头，道："随我来。"

楚留香认得这老人正是名满天下的简斋先生，见到他这种神情，楚留香已隐隐觉出事情不妙了。

三个人匆匆走入后园，只见菊花丛中的精轩外，肃然凝立着十几个老妈子、小丫头，一个个都垂着头，眼睛发红。

左轻侯悚容道："珠儿她……她莫非已……"

简斋先生长长叹了口气，沉重地点了点头。

左轻侯狂呼一声，冲了进去。

等楚留香跟着进去的时候，左轻侯已晕倒在病榻前，榻上静静地躺着个美丽的少女，面容苍白，双目紧闭。

简斋先生拉起被单，盖住了她的脸，却向楚留香道："老朽就是怕左二爷急痛攻心，也发生意外，所以先让他服下一粒护心丹，才敢将这噩耗告诉他，想不到他还是……还是……"

这本已将生死看得极淡的老人，此刻面上也不禁露出凄凉的伤痛之色，长长叹息了一声，道："他连日劳苦，老朽只怕他内外交攻，又生不测。幸好香帅来了，正好以内力先护住他的心脉，否则老朽当真也不知如何是好了。"

楚留香不等他说完，已用掌心抵住左轻侯的心口，将一股内力源源不绝地输送了过去。

暮色渐深，夜已将临，但广大的掷杯山庄，尚没有燃灯，秋风虽急，却也吹不散那种浓重的凄苦阴森之意。

前后六七重院落，都是静悄悄的，没有人，也没有人走动，每个人都像生怕有来自地狱的鬼魂，正躲在黑暗的角落里等着拘人魂魄。

树叶几乎已全部凋落，只剩下寂寞的枯枝在风中萧索起舞，就连忙碌的秋虫都已感觉出这种令人窒息的悲哀，而不再低语。

左明珠的尸身仍留在那凄凉的小轩中，左二爷不许任何人动她，他自己跪在灵床旁，像是已变成一具石像。

楚留香心情也是说不出的沉重，因为他深知这老人对他爱女的情感。那些来自各地的名医也都默默无言地坐在那里，也不知该走，还是不该走，心里既觉得惭愧，也免不了有些难受。

只有张简斋在室中不停地往来踱踱着，但脚步也轻得宛如幽灵，似乎也生怕踏碎了这无边的静寂。

左二爷一直将头深深埋藏在掌心里，此刻忽然抬起头来，满布血丝的眼睛茫然瞪着远方，嘶声道："灯呢？为什么没有人点灯，难道你们连看都不许我看她吗？"

楚留香无言地站了起来，在桌上找到了火刀和火石。刚燃起了那盏带着水晶罩子的青铜灯，忽然一阵狂风自窗外卷了进来，卷起了盖住尸身的白被单，卷起了床幔，帐上的铜钩摇起了一阵阵单调的"叮当"声，宛如鬼卒的摄魂铃，狂风中仿佛也不知多少魔鬼正在狞笑着飞舞。

"噗"的一声，楚留香手里的灯火也被吹灭了。

他只觉风中竟似带着种妖异的寒意，竟忍不住激灵灵打了个寒噤，手里的水晶灯罩也跌落在地上，跌得粉碎。

四下立刻又被黑暗吞没。

风仍在呼啸，那些江南名医已忍不住缩起了脖子，有的人身子已不禁开始发抖，有的人掌心已沁出了冷汗。

就在这时，床上的尸体忽然睁开眼睛，坐了起来！

这刹那之间，每个人的心房都骤然停止了跳动。

然后就有人不由自主，放声惊呼出来。

就连楚留香都情不自禁地退后了半步。

只见那"尸体"的眼睛先是呆呆地凝注着前方，再渐渐开始转动，但双目中却仍带着种诡秘的死气。

左轻侯显然也骇呆了，嘴唇在动，却发不出声音。

那"尸体"眼珠子呆滞地转了两遍，忽然放声尖呼起来。

呼声说不出的凄厉可怖，有的人已想夺门而逃，但两条腿却抖个不停，哪里还有力气举步。

那"尸体"呼声渐渐嘶哑，才喘息着哑声道："这是什么地方，我怎会到这里来了？"

左二爷睁大了眼睛，颤声道："老天爷慈悲，老天爷可怜我，明珠没有死，明珠又活回来了……"

他目中已露出狂喜之色，忽然跳起来，搂抱着他的爱女，道："明珠，你莫要害怕，这是你的家，你重回阳世了！"

谁知他的女儿却拼命推开了他，两只手痉挛着紧抓住盖在她身上的白被单，全身都紧张得发抖，一双眼睛吃惊地瞪着左轻侯，目中的瞳孔也因恐惧而张大了起来，就像是见到了鬼一样。

左二爷喘息着，吃吃道：“明珠，你……你……难道已不认得爹爹了吗？”

那“尸体”身子缩成一团，忽又哑声狂呼道：“我不是明珠，不是你女儿，我不认得你！”

左二爷怔住了，楚留香怔住了。

每个人都怔住了。

左二爷求助地望着楚留香，道：“这……这孩子只怕受了惊……”

他话未说完，那“尸体”又大喊起来，道：“我不是你的孩子，你们究竟是什么人？为什么把我绑到这里来？快放我回去，快放我回去……”

左二爷又惊又急，连连顿足，道：“这孩子疯了吗？这孩子疯了吗……”

实在他自己才真的已经快急疯了。

那“尸体”挣扎着想跳下床，哑声道：“你才是疯子，你们才是疯子，我要回去，让我走！”

楚留香心里虽也是惊奇交集，但也知道在这种时候，他若不镇定下来，就没有人能镇定下来了。

他拍了拍左二爷的肩头，轻轻道：“你们暂时莫要说话，我先去让她安静下来再说。”

他缓缓走过去，柔声道：“姑娘，你大病初愈，无论你是什么人，都不该乱吵乱动，你的病若复发了，大家都会伤心的。”

那“尸体”正惊惶地跳下床，但楚留香温柔的目光中，却似有种令人不可抗拒的镇定力量，令任何人都不能不信任他。

她两只手紧紧地挡在自己胸前，面上虽仍充满了恐惧惊惶之色，但呼吸已不觉渐渐平静了下来。

楚留香温柔地一笑：“对了，这样才是乖孩子。现在我问你，你可认得我吗？”

那“尸体”睁大了眼睛瞪了很久，才用力摇了摇头。

楚留香道：“这屋子里的人你都不认得？”

那“尸体”又摇了摇头，根本没有瞧任何人一眼。

楚留香道：“那么，你可知道你自己是谁吗？”

那“尸体”大声道：“我当然知道，我是‘施家庄’的施大姑娘。”

楚留香皱了皱眉，道：“那么，你难道是金弓夫人的女儿？”

那“尸体”眼睛亮了，道：“一点也不错，你们既然知道我母亲的名头，就应该趁早送我回去，免得自惹麻烦上身。”

左二爷早已气得脸都黄了，跺着脚道：“这丫头，你们看这丫头，居然认贼为母起来！”

那“尸体”瞪眼道：“谁是贼？你们才是贼，竟敢绑我的票。”

左二爷气得全身发抖，退后两步，倒在椅子上直喘气，过了半晌，目中不禁又流下泪来，颤声道：“这孩子不知又得什么病，各位若能治得好她，我……不惜将全部家产分给他一半。”

楚留香显然也觉得很惊讶，望着张简斋道：“张老先生，依你看……”

张简斋沉吟了半晌，才缓缓道：“看她的病情，仿佛是‘离魂症’，但只有受过大惊骇、大刺激的人才会得此症，老夫行医近五十年，也从未见到过……”

那“尸体”的脸竟也气红了，大声道：“谁得了‘离魂症’，我看你才得了‘离魂症’，满嘴胡说八道。”

张简斋凝注着她望了很久，忽然将屋角的一面铜镜搬了过来，搬到这少女的面前，沉声道：“你再看看，你知不知道自己是谁？”

这少女怒道：“我当然知道自己是谁，用不着看！”

她嘴里虽说“用不着”，还是忍不住瞧了镜子一眼。

只瞪了一眼，她脸上就忽又变得说不出的惊骇、恐惧，失声惊呼道：“这是谁？我不认得她！我不认得她……”

张简斋沉声道：“照在镜子里的，自然是你自己，你连自己都不认得了吗？”

少女忽然转身扑到床上，用被蒙住了头，哑声道：“这不是我，不是我，我怎会变成这模样，我怎会变成这模样！”她一边说，一边用力捶着床，竟放声大哭了起来。

屋子里每个人俱是目瞪口呆，则声不得，大家心里虽已隐隐约约猜出这是怎么回事了，但又谁都不敢相信。

张简斋将楚留香和左轻侯拉到一旁，沉着脸道：“她没有病。”

左二爷道：“没有病又怎会……怎会变成这样子！”

张简斋叹了口气，道：“她虽然没有病，但我却希望她有病反而好些。”

左二爷道：“为……为什么？”

张简斋道：“只因她没有病比有病还要……还要可怕得多。”

左轻侯额上已冒出了冷汗，嗄声道：“可怕？”

张简斋道：“她缠绵病榻已有一个月了，而且水米未沾，就算病愈，体力也绝不会恢复得这么快。何况，她方才明明是心脉俱断，返魂无术了，老夫可以五十年的信誉作保，绝不会诊断有误。”

楚留香勉强笑道：“张老先生的医道，天下谁人不知，哪个不信。”

张简斋脸色更沉重，道：“既然如此，那么老夫就要请教香帅，一个人明明已死了，又怎会忽然活回来呢？香帅见多识广，可曾见过这种怪事？”

楚留香怔了半晌，苦笑道：“在下非但未曾见过，连听也未听说过。”

张简斋道：“但她却明明已活回来了，以香帅之见，这种事该如何解释？”

楚留香又怔了半晌，道：“张老先生你觉得这件事该如何解释呢？”

张简斋沉默了很久，目中似乎露出了惊怖之色，压低声音道：“以老夫看来，这件事只有一个解释……借尸还魂！”

借尸还魂！

左轻侯跳了起来，吼道：“张简斋，我还以为你有什么了不得的高见，谁知你竟会说出如此荒谬不经的话来，请请请，像你这样的名医，左某已不敢领教了。”

张简斋沉下了脸，道：“既是如此，老夫就此告辞。”

他一怒之下，就要拂袖而去，但楚留香拉住了他，一面向他挽留，一面向左轻侯劝道：“事变非常，大家都该分外镇定，切切不可意气用事。”

左轻侯瞪着眼道：“你……你……你难道也相信这种鬼话？”

楚留香默然半晌，沉声道：“无论如何，两位都请先静下来，等我再去问问她，问个清楚再说。”

他走到床边，等那少女的哭声渐渐小了，才柔声道：“姑娘的心情，我不但很了解，而且很同情，无论谁遇着这件事，都一定会很难受的，我只希望姑娘相信我，我们绝没有伤害姑娘的意思，更不是我们将姑娘绑到这里来的。”

他声音中似乎有种令人镇定的力量，那少女的哭声果然停止了，但还是将头蒙在被里，嗄声道：“不是你们将我绑来的，我怎会到这里来？”

楚留香道："姑娘何妨静下心来想想，究竟是怎么到这里来的？"

那少女道："我……我的心乱得很，好像什么事都记不清了……"

她不由自主地抬起头，美丽的眼睛里仿佛笼着一层迷雾，楚留香并没有催促她。过了很久，她才缓缓接着道："我记得我病了很久，而且病得很重。"

左轻侯目中立刻现出喜色，道："好孩子，你总算想起来了，你的确病了很久，这一个多月来，你始终躺在这张床上，从没有起来过。"

那少女断然摇了摇头，大声道："我虽然在床上躺了一个多月，但绝不是躺在这张床上。"

左轻侯道："不在这里在哪里？"

那少女道："自然是在我自己的家里，我自己的屋子里。"

楚留香见到左轻侯脸色又变了，抢着道："姑娘可还记得那是间怎样的屋子？"

少女道："那是我从小生长的地方，我怎么会不记得？"

她目光四下瞟了一眼，接着道："那间房子和这里差不多，我睡的床就摆在那边，床旁边有个紫檀木的妆台，妆台旁是个花架，上面却摆着一炉香。"

楚留香目光闪动，道："妆台上摆着些什么呢？"

那少女道："也没有什么特别的东西，只不过是我用的脂粉和香油，都是托人从北京城里的'宝香斋'买来的。"

她的脸似乎忽然红了又红，立刻就接着道："但我的屋子里却绝没有花，因为我一闻到花粉的味道皮肤就会发痒，而且我屋里的窗户上都挂着很厚的紫绒窗帘，因为我从小就不喜欢阳光。"

这屋子的窗户上虽也挂着窗帘，却是湘妃竹编成的，屋角里摆着一盆菊花，开得正盛。

那少女见到这盆菊花，目中立刻露出憎恶之色。

楚留香暗中叹了口气，因为他也知道左明珠是很喜欢花的，而且最爱的就是菊花，所以才将菊花连盆搬到屋里来。

但他并没有说什么，只是将菊花搬了出去。

那少女感激地瞧了他一眼，道："可是在屋里闷了一个多月之后，我却忽然盼望见到阳光了，所以今天早上，我就叫人将屋里的窗户全都打开。"

楚留香道："今天早上？姑娘是叫什么人将窗户打开的？"

那少女道："是梁妈，也就是我的奶娘，照顾我许多年了。因为家母一向很忙，平时很少有时间和我们在一起。"

楚留香笑了笑，道："金弓夫人的大名，在下早已久仰得很了。"

左二爷"哼"了一声，终于还是忍耐着没有说话。

那少女目光凝注着窗外，缓缓道："今天早上的事，我还记得很清楚，但现在……现在天怎会忽然黑了？我难道又睡了很久吗？"

楚留香道："今天早上的事，姑娘还记得些什么？"

那少女道："我看到外面的阳光很美，心里觉得很高兴，忽然想到园子里去散散心。"

楚留香道："姑娘能走动？"

那少女凄然一笑，道："其实我已连站都站不起来了，但梁妈不忍拂我的心意，还是扶我起来，替我换了套衣服。"

楚留香道："就是姑娘现在穿的这套？"

那少女道："绝不是，那是我最喜欢的一套衣服，是梁妈亲手做的，料子也是托人从北京'瑞蚨祥'带回来的织锦缎，红底上绣着紫色的凤凰。"

也不知为了什么，说着说着，她的脸又红了起来。

楚留香道："后来姑娘可曾出去逛了吗？"

那少女道："没有，因为家母恰巧来了，还带来一位很有名的大夫。”

张简斋抢着道：“是谁？”

那少女恨恨道：“家母常说就因为江南的名医全都被掷杯山庄抢着请走了，我的病才不会好，所以她老人家这次特地从北方将王雨轩先生请了来，也就是那位和南方的张简斋齐名的王老先生，江湖中人称‘北王南张’的。”

张简斋板着脸道：“是南张北王，不是北王南张。”

那少女望了他一眼，失声道：“你难道就是张简斋？这里难道就是掷杯山庄？”

张简斋也不理她，沉声道：“那王雨轩看过你的病后，说了什么？”

那少女眼珠子转来转去，显得又惊讶，又害怕，过了很久，才缓缓道：“王老先生什么也没有说，把过我的脉后，立刻就走了出去，家母就替我将被盖好，叫我好好休息，切莫胡思乱想。”

楚留香道：“后来呢？”

那少女道：“后来……后来……”

她目光又混乱了起来，咬着嘴唇道：“后来我像是做了个梦，梦到我的病忽然好了，就穿着那身衣服从窗子里飞了出去，院子的人像是特别多，但却没有人看得到我，也没有人听得到我说话。我心里正在奇怪，忽然听到梁妈放声大哭起来，别的人也立刻全都赶到我住的那间屋子里去。”

楚留香咳嗽了两声，道：“你……你自己呢？是否也回去了？”

那少女道：“我本来也想回屋子去看看的，但忽然有一阵风吹过来，我竟身不由已，被风吹过墙，后来……后来……”

楚留香追问道：“后来怎样？”

那少女长长叹了口气，道：“真奇怪，后来的事，我连一点也不记得了。”

灯火虽已燃起，但屋子里的阴森之意却丝毫未减。

那少女全身发着抖，流着冷汗，颤声道：“我也不知道自己是怎会到这里来的，我已将我能记起来的事全都说了出来，你们……你们究竟要对我怎样？”

楚留香道：“我方才已说过，我们对姑娘你绝无恶意……”

那少女大声道：“既然没有恶意，为什么还不放我回去？”

楚留香瞧了左轻侯一眼，勉强笑了笑，道：“姑娘的病现在还没有大好，还是先在这里休养些时候，等到……”

那少女忽然跳了起来，叫道：“我不要在这里休养，我要回家去。谁敢再拦我，我就跟他拼命！”

呼声中，她人已飞掠而起，想冲出窗子。

左轻侯吼道：“拦住她，快拦住她！”

那少女但觉眼前一花，也不知怎的，方才还站在床边的楚留香忽然就出现面前，拦住了她的去路。

她咬了咬牙，突然出手向楚留香肩胛抓了过去。

只见她十指纤纤，弯屈如爪，身子还在空中，两只手已抓向楚留香左右“肩井”穴，出手竟是十分狠毒老辣。

但楚留香身子一滑，就自她肘下穿过。

那少女招式明明已用老，手掌突又一翻，左掌反抓楚留香肩后“秉风”“曲恒”两处大穴，左掌[1]扬起，抓向楚留香肘间“少海”“曲泽”两处大穴，非但变招奇快，而且一出手抓的就是对方关节处的要害大穴，认穴之准，更是全无毫厘之差。

---

1　疑为作者笔误。——编者注

但楚留香武功之高，又岂是这种年纪轻轻的小姑娘所能想象，她明明觉得自己的手指已触及了楚留香的穴道，只要力透指尖，便可将楚留香穴道捏住，令他全身酸麻，失去抵抗之力。

谁知就在这刹那间，楚留香的身子忽然又游鱼般滑了出去，滑到她背后，温柔地低语道："姑娘还是先睡一觉吧，一觉醒来，事情也许就会变好了。"

那少女只觉楚留香的手似乎在她身上轻轻拂了拂，轻柔得就像是春日的微风，令人几乎感觉不出。

接着，她就觉得有一阵令人无法抗拒的睡意突然袭来，她身子还未站稳，便已堕入睡乡。

张简斋一直在留意着他们的出手，这时才长长叹了口气，道："静若处子，动若脱兔。用这两句话来形容香帅，正是再也恰当不过。"

楚留香笑了笑，等到左轻侯赶过来将那少女扶上床，忽然问道："方才她用的是什么武功，老先生可看出来了吗？"

张简斋沉吟着，道："可是'小鹰爪力'？"

楚留香道："不错，老先生果然高明，她用的正是'小鹰爪力'夹杂着'七十二路分筋错骨手'，而且功力还不弱。"

张简斋望着左轻侯，缓缓道："据老夫所知，江湖中能用这种功夫的女子并不多，只有……"

他咳嗽了两声，忽然住口不语。

左轻侯却已厉声道："我也知道'小鹰爪力'乃是施金弓那老婆娘的家传武功，但她也明明是我的女儿，谁也不能否认。"

张简斋道："令爱昔日难道也练过这种功夫吗？"

左轻侯怔了怔，说不出话来了。

其实他不必回答，别人也知道左二爷的"飞花手"名动武林，乃是江湖中变化最繁复的掌法，而且至阴至柔，正是"鹰爪""摔碑手"

这种阳刚掌法的克星，他的女儿又怎会去练鹰爪力？

张简斋虽是江南名医，但“弹指神通”的功力，据说已练入化境，本也是武林中的大行家，对各门各派的武功，都了如指掌，他见到左轻侯的忧急愁苦之容，也不禁露出同情之色，叹道：“庄主此刻的心情，老朽也并非不知道，只不过，世上本有一些不可思议、无法解释的事，现在这种事既已发生……”

左轻侯嗄声道：“你……你为何一定要相信这种荒唐的事？你难道真的相信这是借尸还魂？”

楚留香道：“张老先生的意思，只不过是要二哥你先冷静下来，大家再想如何应付此事的法子。”

张简斋叹道：“香帅说得不错，人力也并非不可胜天。”

左轻侯搓着手，跺着脚道：“现在我的心也乱了，你们该怎么办，就怎么办吧。”

楚留香沉声道：“这件事的确有许多不可思议之处，明珠怎会忽然使金弓夫人的家传武功？这点更令人无法解释，但我们还是要先查明她方才说的话究竟是真是假，金弓夫人的女儿是否真的死了。”

左轻侯跺脚道：“你明明知道那老虔婆是我那死对头老怪物的亲家，难道还要我到施家庄去问她吗？”

张简斋道：“左庄主虽去不得，但楚香帅却是去得的。”

左轻侯道：“楚留香乃是左轻侯的好朋友，这件事江湖中谁不知道，楚留香到了施家庄，那老虔婆不拿扫把赶他出来才怪。”

张简斋笑了笑，道：“但庄主也莫要忘了，楚香帅的轻功妙绝天下，连‘神水宫’他都可来去自如，又何况小小的施家庄？”

# 第二章

## 施家庄的母老虎

其实施家庄非但不小，而且规模之雄伟，范围之辽阔，都不在掷杯山庄之下，施家庄的庄主施孝廉虽不是江湖中人，但施夫人花金弓在江湖中却是赫赫有名，她的“金弓银弹铁鹰爪”，更可说是江南一绝。

施家庄还有件很出名的事，就是“怕老婆”。江湖中人对“施家庄”也许还不太熟悉，但提起“狮吼庄”来，却当真是无人不知，无人不晓。左轻侯和施孝廉本是世交，就因为他娶了这老婆，两人才反目成仇。有一次左二爷趁着酒后，还到施家庄门外去挂了块牌子：“内有恶犬，诸亲好友一律止步。”

这件事之后，两家更是势同水火。

这件事自然也被江湖中人传为笑话，只因人人都知道施老庄主固然有孝常之癖，少庄主施传宗更是畏妻如虎。

其实这也不能怪施传宗没有男子气概，只能怪他娶的媳妇，来头实在太大。花金弓虽然勇悍泼辣，但也惹不起她这门亲家。

江湖中简直没有人能惹得起她这门亲家，只因她的亲家就是号称“天下第一剑客”的大侠薛衣人。

薛衣人少年时以“血衣人”之名闯荡江湖时，快意恩仇，杀人如草芥。中年后虽已火气消磨，退隐林下，但一柄剑却更练得出神入化，据说四十年来，从无一人能在他剑下走过十招。

而薛衣人也正是左轻侯的生冤家活对头。

夜色深沉，施家庄内的灯火也阴暗得很。

后园中花木都已凋落，秋意肃杀，晚风萧索，就连那一丛黄菊，在幽幽的月色中也弄不起舞姿。

楚留香的心情也沉重得很。

他的轻功虽独步天下，但到了这里，还是不敢丝毫大意，正隐身在一株梧桐树上，不知该如何下手。

突听秋风中隐隐传来一阵啜泣声，他身子立刻跃起，飞燕般掠了过去，在夜色中宛如一只巨大的蝙蝠。

竹林中有几间精致的小屋，一灯如豆，满窗昏黄，那悲痛的啜泣声，显然就是从屋里传出来的。

屋角里放着张床，床旁边有个雕花的紫檀木妆台，妆台旁边有个花架，晚风入窗，花架上香烟缭绕，又一丝丝消失在晚风里。

床上仰卧着一个女子，却有个满头银发如丝的老妇人，正跪在床边悲痛地啼哭着，仿佛还在呢喃："茵儿，茵儿，你怎么能死？怎么能死……"

楚留香只瞧了一眼，便激灵灵打了个寒噤。

施家的大姑娘果然死了，她闺房中的陈设果然和"那少女"所说的完全一样，而且她身上穿着的，也赫然正是一件水红色的织锦缎衣裳，上面也赫然绣了几只栩栩如生的紫凤凰。

但她的尸身为何还未装殓？此刻跪在床边哀悼的又是谁呢？楚留香知道这老妇人绝不是花金弓。

那么，她难道就是"那少女"所说的梁妈？

只见那老妇人哭着哭着，头渐渐低了下去，伏到床上，像是因为悲痛过度，竟在不知不觉间睡着了。

水红色的织锦缎，衬着她满头苍苍白发，一缕缕轻烟，飘过了挂着紫绒帘子的窗子……

远处有零落的更鼓声传来，已是四更了。

楚留香心里也不禁泛起一种凄凉之意，又觉得有点寒飕飕的，甚至连那缥缈四散的香气中，都仿佛带着种诡秘恐怖的死亡气息！

他隐身在窗外的黑暗中，木立了半晌，见到床边的老妇人鼻息渐渐沉重，似已真的睡着了，他这才轻轻穿窗入屋，脚步甚至比窗外的秋风还轻，就算那老妇人没有睡着，也绝不会听得到。

床上的少女面如蜡色，形色枯槁，已瘦得只剩下一把骨头了，死前想必已和病魔挣扎了很久。

这少女眉目虽和左明珠绝没有丝毫相似之处，但依稀犹可看出她生前必定也是个美人。

而现在，死亡非但已夺去了她的生命，也夺去了她的美丽，死亡全不懂怜惜，绝不会为任何人留下什么。

楚留香站在那老妇人身后，望着床上少女的尸身，望着她衣裳上那只凤凰，想到“那少女”说的话，掌心忽然沁出冷汗。

他赶快转过身，拿起了妆台上一盒花粉，只见盒底印着一方小小的朱印，上面写的赫然正是“京都宝香斋”。拿着这盒花粉，楚留香只觉全身的寒毛都一根根竖了起来，手上的冷汗已渗入了纸盒。

突听那老妇人嘶声喊道：“你们抢走了我的茵儿，还我的茵儿来。”

楚留香的手一震，花粉盒已掉了下去。

只见那老妇人一双已干瘪了的手，紧紧抓着死尸身上穿的红缎衣服，过了半晌，才渐渐放松。

她枯黄的脖子上冒出了一粒粒冷汗，但头又伏在床上，喘息又渐渐平静，又渐渐睡着了。

楚留香这一生中，也不知遇见过多少惊险可怖的事，却从来也没有被吓得如此厉害。

他自然不是怕这老妇人，也不是怕床上的死尸，严格说来，他自己都不知道自己怕的是什么。

他只觉这屋子里充满了一种阴森诡秘的鬼气，像是随时都可能有令人不可抗拒也无法思议的事发生一样。

“借尸还魂”这种事他本来也绝不会相信，可是现在，所有的证据都在他眼前，他已无法不信。

一阵风吹过，卷起了紫绒窗帘，窗帘里就像有个可怕的幽灵要乘势飞扑而起，令人恨不得立刻就离开这屋子，走得愈远愈好。

楚留香在衣服上擦干了手掌，拾起了地上的花粉。

他一定要将这盒粉带回去，让左轻侯自己判断，否则，他真不知该如何向左轻侯解释。

这件事根本就无法解释。

但是他的腰刚弯下去，就发现了一双绣鞋。

楚留香这一生，也不知见过多少双绣鞋了。他见过各式各样的绣鞋，穿在各式各样的女人脚上。他从来不曾想到一双绣鞋也会令他吃惊。

但现在他的确吃了一惊。

这双绣鞋就像突然自地下的鬼狱中冒出来的。

严格说来，他并没有看到一双鞋子，只不过看到一双鞋尖，鞋尖很纤巧，绿色的鞋尖，看来就像是一双新发的春笋。

鞋子的其他部分，都被一双水葱色洒脚裤管盖住了，洒脚裤上还绣着金边，绣得很精致。

这本是一双很美的绣鞋，一条很美的裤子，但也不知为什么，楚留香竟不由自主想到，这双脚的主人会不会没有头？

他忍不住要往上瞧，但还没有瞧见，就听到一人冷冷道：“就这样蹲着，莫要动，你全身上下无论何处只要移动了半寸，我立刻就打烂你的头。”

这无疑是女人在说话，声音又冷、又硬，丝毫也没有女人那种温柔悠美之意。只听她的声音，就知道这种女人若说要打烂一个人的头，她就一定能做得到，而且绝不会只打烂半个。

楚留香没有动。

在女人面前，他从不做不必要的冒险。

何况，这也许并不是个女人，而是个女鬼。

这声音道：“你是谁，在这里偷偷摸摸地干什么？快老老实实说出来，但记着，我只要你的嘴动。”

楚留香考虑了很久，觉得在这种情况下，还是说老实话最好，“楚留香”这名字无论是人是鬼听了都会吃一惊。

只要她吃一惊，他就有机会了。

于是他立刻道：“在下楚留香……”

谁知他的话还未说完，这女子就冷笑了起来，道：“楚留香，嘿嘿，你若是楚留香，我就是‘水母’阴姬了。”

楚留香只有苦笑，每次他说自己是“张三李四”时，别人总要怀疑他是楚留香，但每次他真说出自己的名字，别人反而不信，而且还似乎觉得很可笑。

只听这女子冷笑道：“其实我早就已知道你是谁，你休想瞒得过我。”

楚留香苦笑道：“我若不是楚留香，那么我是谁呢？”

这女子厉声道：“我知道你就是那个小畜生，那个该死的小畜生。但我却未想到你居然还有胆子敢到这里来。”

她的声音忽然充满愤怒，厉声又道：“你可知道茵儿是怎么死的吗？她就是死在你手上的，你害了她一辈子，害死了她还不够，还想来干什么？”

楚留香完全不知道她在说什么，只有紧紧闭着嘴。

这女子更愤怒地道：“你明明知道茵儿已许配给薛大侠的二公子了，居然还有胆子勾引她，你以为这些事我不知道？”

楚留香现在自然早已知道这女人并不是鬼，而是施茵的母亲，就是以泼辣闻名江湖的金弓夫人。

他平生最头痛的就是泼辣的女人。

突听一人道：“这小子就是叶盛兰吗？胆子倒真不小。”

这声音比花金弓更尖锐，更厉害。

楚留香眼前又出现了一双腿，穿着水红色的洒脚裤，大红缎子的弓鞋，鞋尖上还有个红绒球。

若要看一个女人的脾气，只要看看她穿的是什么鞋子就可知道一半。这双鞋子看来就活像是两个红辣椒。

楚留香暗中叹了口气。世上若还有比遇见一个泼妇更头痛的事，那就是遇见了两个泼妇。

他知道在这种女人面前，就算有天大的道理也讲不清的，最好的法子就是赶快脚底揩油，溜之大吉。

但他也知道花金弓的银弹必定已对准了他的脑袋，何况这位“红裤子”姑娘看来八成就是薛衣人的大女儿，施家庄的大媳妇。薛衣人剑法独步天下，他的女儿也绝不会是省油灯。

他倒并不是怕她们，只不过实在不愿意和这种女人动手。

只听花金弓道：“少奶奶，你来得正好，你看我们该把这小子如何处治？”

施少奶奶冷笑道：“这种登徒子，整天勾引良家妇女，活埋了最好。”

楚留香又好气又好笑，也难怪施少庄主畏妻如虎了，原来这位少奶奶不问青红皂白的就要活埋人。

花金弓道："活埋还太便宜了他，依我看，干脆点他的天灯。"

施少奶奶道："点天灯也行，但我倒想先看看他，究竟有哪点比我们家老二强，居然能害得茵姑娘为他得相思病。"

花金弓道："不错，喂，小伙子，你抬起头来。"

楚留香倒也想看看她们的模样。

只见这位金弓夫人年纪虽然已有五十多了，但仍然打扮得花枝招展，脸上的粉刮下来起码也有一斤。而且她那双眼睛仍是水汪汪的，左边一瞟，右边一转，还真有几分销魂之意，想当年施举人必定就是这么样被她勾上的。

那位少奶奶却不敢恭维，长长的一张马脸，血盆般一张大嘴，鼻子却比嘴还要大上一倍。

她若不是薛衣人的女儿，能嫁得出去才怪。

楚留香忽然觉得那位施少庄主很值得同情，娶得个泼妇已经够可怜的了，而他娶的简直是匹母马。

楚留香在打量着她们的时候，她们自然也在打量着楚留香，花金弓那双眼睛固然要滴下水来，就连少奶奶那又细又长的马眼，也似乎变得水汪汪了，脸上的表情也和缓了些，道："果然是个油头粉面的小白脸，难怪我们的姑奶奶会被他迷上了。"

花金弓道："他居然还敢冒充楚留香，我看他做楚留香的儿子只怕还小了些。"

要知楚留香成名已近十年，江湖中人都知道楚留香掌法绝世，轻功无双，却没有几人真的见过这位楚香帅。

大家都想楚留香既然有这么大的名气，这么大的本事，那么年纪自然也不会太小，有人甚至以为他已是个老头子。

楚留香只有苦笑。

那老妇人梁妈不知何时也走到前面来，像是也想看看这“登徒子”的模样，楚留香觉得她看来倒很慈祥。

他心里忽然起了个念头，但这时花金弓大声道：“无论我们要活埋他还是点天灯，总得先将他制住再说！”

只见金光一闪，她手里的金弓已向楚留香的“血海”穴点了过来，原来她这柄金弓不但可发银弹，而且弓柄如初月，两端都可作点穴镢用，认穴既准，出手更快，居然还是点穴的高手。

楚留香现在自然不能装糊涂了，身子一缩，已后退了几尺，他身子退得竟比花金弓的出手更快。

花金弓一招落空，转身反打，金弓带起一股急风，横扫楚留香左腰，“点穴镢”已变为棍棒。

楚留香这才知道这位金弓夫人手下的确不弱，一柄金弓竟可作好几种兵器用，难怪江湖中人都说她是江南武林的第一女子高手。

这时楚留香已退至妆台，退无可退，这一招横扫过来，他根本不能向左右闪避，再向后退便要撞上妆台。而金弓夫人这一招却显然还留有后招，就等着他撞上妆台之后再变招制敌，反点穴道。

谁知楚留香身子又一缩，竟轻飘飘地飘到妆台的铜镜上，忽然间又贴着墙壁向旁边滑了出去。

他身子就仿佛流云一般，可以在空中流动自如。

花金弓面色这才变了变，叱道：“好小子，想不到你还真有两下子。”

施少奶奶寒着脸道：“这种下五门的淫贼，偷鸡摸狗的小巧功夫自然不会错。”

她伸手一探，掌中忽然就多了两柄寒光闪闪的短剑，一句话未说，已向楚留香刺出七剑。

这种短剑就是古代女子的防身利器，这位少奶奶更是家学渊源，一出手用的就是“公孙大娘”所创的“长歌飞虹剑”。

公孙大娘乃初唐时之剑圣，剑法之高，据说已不在“素女”之下。此刻施少奶奶将这八八六十四手“长歌飞虹剑”施展开来，果然是剑似飞虹，人如游龙，夭矫变化，不可方物。

何况，这屋子不大，正适于这种匕首般的短剑施展，她的对手若不是楚留香，人既已被逼到墙角，是再也避不开她这七剑的了。

只可惜她遇着的是楚留香。

楚留香叹了口气，喃喃道：“就算我是叶盛兰，两位也不必非杀了我不可呀！”

他一共只说了两句话，但这句话说完时，他的人已滑上屋顶，又自屋顶滑了下来，滑到门口。

花金弓叱道：“好小子，你想走，施家庄难道是你来去自如之地吗？”

她出手也不慢，这两句话还未说完，但闻弓弦如连珠琵琶般一阵急响，金弓银弹已暴雨般向楚留香打了过去。

银弹的去势有急有缓，后发的反而先至，有的还在空中互撞，骤然改变方向，有的却似乎射失手了，射在门框上，但在门框上一撞之后，立刻又反激而起，斜斜地打向楚留香前面。

金弓夫人的“银弹金弓”端的不同凡响，不愧为江南武林的一绝，但楚留香身子也不知怎么样一转，已自暴雨般的银弹中飞了出去，身子再一闪，就已远在十丈外。

金弓夫人怔了怔，一步蹿到门口，大声道：“喂，小子，我问你，你难道真是楚留香？”

楚留香身子落在竹梢，轻轻一弹又飞身而起，只见他挥了挥手，但看不清是在招手，还是在摇手。

施少奶奶咬着牙道：“楚留香和我们井水不犯河水，怎会到这里来？”

金弓夫人出了会儿神，忽然一笑，道：“无论他是否楚留香，反正都跑不了的。”

施少奶奶道：“哦？”

金弓夫人目光遥注那边的一座亭子，道：“你那宝贝二叔既然送了我们回来，没有吃夜宵点心他怎样肯走呢？我算准他现在一定还在亭子里等着。”

施少奶奶嘴角也泛起一丝恶意的微笑，道：“不错，只要宝二叔在亭子里，无论是谁都走不了的。”

亭子里果然有个人，正坐在石级上，仰面望着天，嘴里念念有词，也不知在说些什么。

仔细一听，他原来在数天上的星星。

“一千三百二十七，一千三百二十八……”

他年纪最少已有四十多了，胡子已有些花白，身上却穿着件大红绣花的衣服，绣的是刘海撒金钱，脚上还穿着双虎头红绒鞋。星光下看来，他脸色似乎十分红润，仔细一看，原来竟涂着胭脂。

他一心一意地数着星星，一面用手指指点点，手上也“叮叮当当”地直响，原来他手腕上还戴着几只挂着铃铛的金镯子。

楚留香一心只想快快离开这地方，本来也没有注意到亭子里还有个人，听到亭里“叮叮当当”的声音，才往那边瞟了一眼。

只瞧了一眼，他已忍不住要笑了出来，若是换在平时，他一定忍不住要过去瞧瞧这活宝是何许人也，但现在他却已没有这样好的心情，脚尖微微点地，人已自亭子上掠了过去，只要再两个起落，便可掠出这片庭园。

谁知就在这时，突听“嗖”的一声，一条人影箭一般自亭子里蹿了出来，挡在楚留香前面。

楚留香掠上亭子再掠下，这人却自亭子里直接蹿出，距离虽比楚留香短了些，但这种身手却还是惊人得很。

楚留香再也想不到会在这里遇见轻功如此精绝的高手，再一看，这“高手”居然就是那忙着数星星的活宝。

他站起来后，就可看出他身上的衣服又短又小，就像是偷来的，头发和胡子都梳洗得很亮，上面还像是涂了刨花油，再加上一脸花粉胭脂，看来倒真有几分像是彩衣娱亲的老莱子。

楚留香也不禁怔住了，他看不出这么一个活宝竟会有如此惊人的身手。

这活宝也在上上下下地打量着他，忽然嘻地一笑，道：“这位大叔你是从哪里来的呀？我怎么从来也没有见过你呢？”

这老头子居然叫他“大叔”，楚留香实在有些哭笑不得，幸好花金弓她们还没有追过来，楚留香眼珠一转，也笑道：“老先生不必客气，大叔这两字在下实在担当不起。”

谁知他话刚说完，这活宝已大笑起来道：“原来你是个呆子，我明明只有十二岁，你却叫我老先生，我大哥听到了，一定要笑破肚子。”

楚留香又怔住了，忍不住摸了摸鼻子，道：“你……你只有十二岁？”

这活宝扳着手指数了数，道：“今天刚满十二岁，一天也不多，一天也不少。”

楚留香道：“那么你大哥呢？”

这活宝笑道：“我大哥年纪可大得多了，只怕比大叔还大几岁。”

楚留香道：“他是谁？”

这活宝道："他叫作薛衣人，我叫作薛笑人，但是别人都叫我薛宝宝……薛宝宝……薛宝宝，你说这名字好听不好听？"

这白痴竟是一代剑豪薛衣人的弟弟，这才叫作"龙生九子，子子不同"。楚留香暗中叹了口气，实在不愿和这人啰唆，笑道："这名字好听极了，但你既然叫宝宝，就应该做个乖宝宝，快让我走吧，下次我一定带糖给你吃。"

他居然将这四五十岁的人叫作"乖宝宝"，连他自己也不禁觉得有些好笑，一面挥着手，一面已飞身掠起。

谁知这薛宝宝竟也突然飞身而起，顺手就自腰带上抽出毒蛇般的软剑，"唰、唰、唰"，一连三剑刺了出来！

这三剑当真是又快，又准，又狠，剑法之迅速精确，就连中原一点红、"君子剑"黄鲁直这些人都要瞠乎其后。

楚留香虽然避开了这三剑，却已被逼落了下来。

只见薛宝宝一只脚站在对面的假山上，笑嘻嘻地嚷着道："大叔你坏了我的大事，还没有赔我，怎么能走呢？"

楚留香望着他，已弄不清这人究竟是不是白痴了。

看他的模样打扮，听他的说话，明明是个不折不扣的大白痴，但白痴又怎会使得出如此辛辣迅疾的剑法？

楚留香只有苦笑道："我坏了你的大事？什么大事？"

薛宝宝嘟起了嘴，道："方才我正在数天上的星星，好容易已将月亮那边的星星都数清了，大叔你一来，就吵得我全忘得干干净净，你非赔我不可。"

楚留香道："好好好，我赔你，但怎样赔法呢？"

他嘴里说着话，身形已斜蹿了出去。

这一掠他已尽了力，以楚香帅轻功之妙，天下有谁能追得上？

谁知薛宝宝竟似早已知道他要溜了，楚留香身形刚动，他手上套着的金镯已飞了出来。

只听“丁零零”一阵串声响，四只金镯子在晚空中划起四道金弧，拐着弯兜到楚留香前面。

楚留香只觉眼前金花一闪，“叮当、叮当”两声响，四只金镯在半空相击，突然迎面向他撞了过来。

这“白痴”不但轻功高，剑法高，发暗器的手法更是妙到极点。花金弓的银弹和他一比，简直就像是小孩子在耍泥丸。

楚留香的去势既也疾如流矢，眼看他险些就要撞上金镯子了，在这间不容发的刹那间，他别无选择，身形抖然一弓，向后退了回去，两只手“分光捉影”抄住了三只金镯子，剩下的一只也被他用接在手里的三只打飞。

这身子一缩，伸手一捉，说来虽容易，其实却难极了：无论身、眼、时间、部位，都要拿捏得恰到好处，错不得半分。若没有极快的出手，固然抄不到这四只金镯，若没有绝顶的轻功，也无法将金镯的力道消泄，那样纵能勉强抄着金镯，虎口只怕也要被震裂。

只不过等他抄住金镯，他的人已退回原处。

只见薛宝宝跺着脚道：“大叔你明明说好要赔我，怎么又溜了，大人怎么能骗小孩子？”

楚留香忽然发现这白痴竟是他生平罕见的难缠对手，他虽然身经百战，一时之间却也不知该如何对付才好。

薛宝宝还在跺着脚道：“大叔你说，你究竟是赔，还是不赔？”

楚留香笑道：“自然要赔的，但怎么赔法呢？”

薛宝宝立刻展颜笑道：“那容易得很，只要你将月亮那边的星星替我数清楚就行了。”

楚留香摸了摸鼻子，道：“哪一边？”

薛宝宝伸手指了指，道：“就是那边。”

其实这时天上根本没有月亮，却有繁星满天，一个人就算生了两百双眼睛，一百只手，也没有法子将这满天繁星数清楚的。

楚留香笑道：“哦，你说的是这边吗？那真好极了。”

薛宝宝眨着眼睛道：“为什么好极了？”

楚留香道：“这边的星星我刚才就已数过，一共是两万八千四百三十七个。”

薛宝宝道：“真的？”

楚留香道：“自然是真的，大人怎么会骗小孩子，你不信就自己数数看。”

他心里早已打好主意，这“白痴”若是不上当，那么他这痴呆就必是装出来的，楚留香虽不愿和真的白痴打架，但对假白痴可就不同了。

谁知薛宝宝已笑道：“你说是两万八千四百三十七个，好，我数数看。”

他竟真的仰着头数了起来。

楚留香暗中松了口气，身子如箭一般蹿了出去，这次薛宝宝竟似已数得出神，完全没有留意到他。

楚留香这才知道真的遇见一个武功高得吓人的白痴，他只觉有些好笑，又有些惊异。

这件事的确有些不可思议，但他决定暂时绝不想这件事，因为还有件更不可思议的事尚未解决。

借尸还魂！

施茵的魂魄似乎真的借了左明珠的尸体而复活了。

左二爷看到他拿回来的花粉时，也不禁为之目瞪口呆，汗流浃背，足足有盏茶时分说不出话来。

张简斋皱着眉问道：“那屋子是否真和她所说的完全一样？”

楚留香道：“完全一样。”

张简斋道：“那位施姑娘真是今天死的？”

楚留香道：“不错，她尸体还未收殓，我还看到那身衣服也……”

左二爷忽然跳起来，大吼道：“我不管那是什么衣服，也不管姓施的女儿死了没有，我只知道明珠是我的女儿，谁也抢不走。”

张简斋道：“可是，她若不承认你是她父亲呢？”

左二爷怒吼道：“她若敢不认我为父，我就……我就杀了她！”

张简斋道：“你真的忍心下得了手？”

左二爷怔了怔，道：“我为何下不了手？我……我……我……”

说到第三个“我”字，他眼泪不禁已夺眶而出，魁伟的身子倒在椅上，仿佛再也无力站起来了。

张简斋摇头叹息道：“造化弄人……造化弄人竟至于斯，你我夫复何言？”

左二爷双手捧着头，怆然道：“可是……可是你们难道要我承认明珠是那泼妇的女儿？你们难道要我活生生地将自己的女儿送给别人？”

张简斋用力捻着自己的胡子，来去地踱着方步，这江湖名医虽有着手成春的本事，对这件事却也束手无策了。

楚留香叹了口气，道：“她还在睡吗？”

左二爷黯然道：“还睡得很沉。”

楚留香站了起来，道：“二哥，你若相信我，就将这件事交给我办吧。”

张简斋长叹道：“世上若还有一个人能解决这件事，那必定就是楚香帅了。左二爷若不相信你，他还能相信谁？”

# 第三章

## 唐突佳人

天已亮了。

初升的阳光自窗隙照进来，照着她苍白的脸色，一双美丽的眼睛里布满了红丝。

这确是左明珠的脸，确是左明珠的眼睛——但这少女是否是左明珠，连楚留香也弄不清了。

他甚至不知该如何称呼她才好，若称她为“左明珠”，她明明有“施茵”的思想和灵魂；但若唤她为“施茵”，她却又明明是“左明珠”。

这少女垂着头，咬着嘴唇道：“你既然已看过了，总该相信我说的话了吧？”

楚留香叹道：“你的确没有骗我。”

这少女道：“那么你为何还不放我走呢？”

楚留香道：“我可以放你走，但你能回得去吗？”

少女道：“我为什么回不去？”

楚留香道：“以你现在这模样，你回去之后别人会不会还承认你是施茵？”

少女眼泪立刻流了下来，痛苦着道：“天呀，我怎会变成这样子的？你叫我怎么办呢？”

楚留香柔声道："我既然相信了你的话，你也该相信我的话，无论你的'心'是谁，但你的身子的确是左明珠，是左轻侯的女儿！"

少女以手捶床，道："但我的确不是左明珠，更不认得左轻侯，我怎么能承认他是我的父亲？"

楚留香道："但施举人只怕也不会认你为女儿的，只怕连叶盛兰都不会认得你，再也不会将宝香斋的花粉送给你了。"

少女身子一震，嗄声道："你……你怎么会认得他的？"

楚留香笑了笑，道："你怎么会认得他的？"

少女低下头，大声道："那是很久以前的事了，我也不知道，我怎会被他……"

她忽又抬起头，大声道："但不管怎么样，那件事都早已过去，现在我已不认得叶盛兰，我只知道我是薛家未过门的媳妇。"

楚留香暗中叹了口气，这件事最麻烦的就在这里，因为他知道左二爷早已将左明珠许配给丁家的公子了。

就算左二爷和施举人能心平气和地处理这件事，这女孩子就算肯承认他们都是她的父亲，却也万万不能嫁给两个丈夫的。

就在这时，突听外面"砰"的一声大震，接着就有各式各样乱七八糟的声音响了起来，有摔瓶子、打罐子的声音，有石头掷在屋顶上、屋瓦被打碎的声音，其中还夹杂一大群人叱喝怒骂的声音。

楚留香皱起了眉，觉得很奇怪！

难道真有人敢到掷杯山庄来捣乱撒野？

只听一个又尖又响亮的女子声音道："左轻侯，还我的女儿来！"

少女眼睛一亮，大喜道："我母亲来了，她已知道我在这里，你们还能不放我走吗？"

楚留香道："她到这里来，绝不是来找你的。"

少女道："不是找我找谁？"

楚留香还未说话，花金弓尖锐的声音又传了进来!

“我女儿就是被你这老贼害死的，你知道她得了病，就故意将所有的大夫全都藏在你家里，让她的病没人治，否则她怎么会死？我要你赔命！”

少女本来已想冲出去，此刻又怔住了。

楚留香叹道：“你现在总该知道她是为了什么来的了吧？”

少女一步步往后退，颤声道：“她也说我已经死了，我难道……难道真的已经死了吗？”

楚留香道：“你当然没有死，只不过这件事实在太奇怪，说出来谁也不会相信的，连你母亲也不会相信的，你现在出去，她也不会承认你是她的女儿。”

少女发了半晌怔，忽然转身扑倒在床上，以手捶床，哽声道：“我怎么办呢？我怎么办呢？”

楚留香柔声道：“你若是肯完全信任我，我也许有法子替你解决这件事。”

少女伏在床上，又哭了很久，才转过身，凝注着楚留香道：“你……你真是楚香帅？”

楚留香笑了笑，道：“有时候我真希望我不是楚留香，但命中却注定了我非做楚留香不可。”

少女凝注着他的眼睛，道：“好，我就在这里躺三天，过了三天，你若还是不能解决这件事，我……我就死，死了反而好些。”

楚留香觉得自己暂时还是莫要和花金弓相见的好，所以决定先去好好睡一觉，养足了精神晚上才好办事。

他心里似乎已有了很多主意，只不过他却未说出来。

等他醒来的时候，天已黑，左二爷已不知来看过他多少次，看见他醒来，简直如获至宝，一把拉着他的手，苦笑道：“兄弟，你倒睡得好，可知道我这一天又受了多少罪吗？我简直连头发都快急秃了。”

他跺着脚道：“你可知道花金弓那泼妇已来过了吗？她居然敢带了一群无赖来这里撒野，而且还要我替他女儿偿命！”

楚留香笑道：“你是怎么样将她打发走的？”

左轻侯恨恨道：“遇到这种泼妇，我也实在没有法子了，我若是伤了她，岂非要被江湖朋友笑我跟她一般见识？”

楚留香叹道：“一点也不错，她只怕就因为知道二哥绝不会出手，所以才敢来的。”

左轻侯道：“我只有拿那些泼皮无赖出气，她看到自己带来的人全躺下了，气焰才小了些，但临走的时候却还在撒野，说明天她还要来。”

他拉着楚留香的手，道：“兄弟，你今天晚上好歹也要再到施家庄去走一趟，给那母老虎一个教训，她明天若是再来，我可实在吃不消了。”

他自己不愿和花金弓交手，却叫楚留香去，这种“烫手山芋”楚留香虽已接得多了，却还是有些哭笑不得。

左轻侯自己似也觉得有些不好意思，苦笑道：“我也知道这是件很令人头疼的事，但世上若还有一个人能解决这种事，那人就是你，楚香帅。”

这种话楚留香也听得多了，忍不住叹了口气，喃喃道：“只可惜小胡这次没有来，否则让他去对付花金弓，才真是对症下药。”

左轻侯道：“兄弟你……你难道不去！”

楚留香笑了，道：“二哥你放心，我一定有法子叫她明天来不了的。”

左轻侯这才松了口气，忽又皱眉道：“另外还有件事，也得要兄弟你替我拿个主意，花金弓前脚刚刚走，后面就有个人跟着来了。”

楚留香道：“谁？世上难道还有比花金弓更难对付的人吗？”

左轻侯道：“芦花荡七星塘的丁氏双侠，兄弟你总该知道吧？今天来的就是‘吴钩剑’丁瑜丁老二。”

楚留香道：“丁氏双侠岂非都是二哥你的好朋友吗？”

左轻侯道：“非但是我的好朋友，还是我的亲家，但麻烦也就在这里。”

楚留香道：“他莫非是来迎亲的？”

左轻侯跌足道：“一点也不错，只因我们上个月已商量好，定在这个月为珠儿和丁如风成亲，丁老二这次来，正是为了这件事。”

楚留香道：“上个月明珠岂非已经病了？”

左轻侯叹道：“就因为她病了，所以我才想为这孩子冲冲喜，只望她一嫁过去，病就能好起来，谁料到现在竟会出了这种事！”

他苦着脸道：“现在我若答应他在月中成亲，珠儿……珠儿怎么肯嫁过去，我若不答应，又能用什么法子推托，我……我这简直是在作法自毙。”

楚留香也只有摸鼻子，喃喃道：“不知道花金弓是否也为她女儿和薛二少定了婚期……”

只见一个家丁匆匆赶过来，躬身道：“丁二侠叫小人来问老爷，楚香帅是否已醒了。若是醒了，他也要来敬楚香帅的酒。若是没有醒，就请老爷先到前面去。”

楚留香笑道：“久闻丁家弟兄也是海量，张简斋却要保养身体，连一杯酒都不饮的，丁老二一定觉得一个人喝酒没意思。”

左轻侯道：“不错，兄弟你就快陪我去应付应付他吧。”

楚留香笑道：“二哥难道要我醉醺醺地闯到施家庄去吗？”

江湖传说中，有些“酒丐”“酒仙”，酒喝得愈多，武功就愈高，楚留香总觉得这些传说有些可笑。只因他知道一个人酒若喝多了，胆子也许会壮些，力气也许会大些，但反应却一定会变得迟钝得多。

高手相争，若是一个人的反应迟钝了，就必败无疑。

所以楚留香虽然也很喜欢喝酒，但在真正遇着强敌时，前一晚一定保持着清醒。奇怪的是，江湖中居然也有人说：“楚香帅的酒喝得愈多，武功愈高。”

楚留香认为这些话一定是那些不会喝酒的人说出来的。不喝酒的人，好像总认为喝酒的人是某种怪物，连身体的构造都和别人不同，其实“酒仙”也是人，“酒丐”也是人，酒若喝多了的人，脑袋也一样会糊涂的。

今天楚留香没有喝酒，倒并不是因为花金弓婆媳难对付，而是因为那武功绝高的“白痴”。

他总觉得那“白痴”有些神秘，有些奇怪，绝对不可轻视。

三更前楚留香便已到了“施家庄”，这一次他轻车熟路，直奔后园，后园中寂无人迹，只有那竹林间的小屋里仍亮着灯光。

施茵的尸体莫非还在小屋里？

楚留香轻烟般掠上屋檐，探首下望，就发现施茵的尸体已被搬了出来，一个青衣素服，丫头打扮的少女正在收拾着屋子。

灯光中看来，这少女仿佛甚美，并不像做粗事的人。

她的手在整理着床铺，一双水汪汪的眼睛却瞟着妆台，忽然伸手攫起一匣胭脂偷偷藏在怀里，过了半晌，又对着那铜镜，轻轻地扭动腰肢，扭着扭着，自己抿着嘴偷偷地笑了起来。

楚留香正觉得有些好笑，突听一人道：“这次你总逃不了吧！”

屋角后人影一闪，跳了出来。

楚留香也不禁吃了一惊！

这人好厉害的眼力，居然发现楚留香的藏身之处。

谁知这人连看也没有向他这边看一眼，嘴里说着话，人已冲进了屋子，却是个穿着白孝服的少年。

那丫头显然也吃了一惊，但回头看到这少年，就笑了，拍着胸笑道："原来是少庄主，害得我吓了一跳。"

楚留香这才看清了这位施家庄的少庄主，只见他白生生的脸，已有些发福，显然是吃得太好，睡得太足了。

他身上穿的虽是孝服，但犹可看到里面那一身天青的缎子衣服，脸上更没有丝毫悲戚之色，反而笑嘻嘻道："你怕什么？我也不会吃人的，最多也不过吃吃你嘴上的胭脂。"

那丫头笑啐道："人家今天又没有涂胭脂！"

施传宗道："我不信，没有擦胭脂嘴怎么会红得像樱桃，我要尝尝。"

他一面说着话，一面已搂住了那丫头的腰。

那丫头跺着脚道："你……你好大的胆子，快放手，不然我可要叫了。"

施传宗喘着气道："你叫吧！我不怕，我也没有偷东西！"

那丫头眼珠子一转，似笑非笑地娇嗔着道："好呀！你想要挟我，我才不稀罕这匣胭脂，我若想要，也不知有多少人抢着来送给我。"

施传宗笑道："我送给你，我送给你……好樱儿，只要你肯将就我，我把宝香斋的胭脂花粉全都买来送给你。"

樱儿咬着嘴唇道："我可不敢要，我怕少奶奶剥我的皮。"

施传宗道："没关系，没关系……那母老虎不会知道的。"

他身子一扑，两个人就滚到床上去了。

樱儿喘息着道："今天不行，这地方也不行……昨天二小姐才……"

她话未说完，嘴就似乎被什么东西堵住了。

施传宗的喘息声更粗，道："今天不行，明天就没机会了，那母老虎盯得好凶……好樱儿，只要你答应我这一次，我什么都给你。"

楚留香又好气，又好笑，想到那位少奶奶的"尊容"，他也觉得这位少庄主有些可怜。

他也知道老婆盯得愈凶，男人愈要偷嘴吃，天下的男人都是一样的，也不能怪这位少庄主。

只不过他选的时候和地方实在太不对了，楚留香虽不愿管这种闲事，但也实在看不下去。

那张床不停地在动，已有条白生生的腿挂在床沿。

楚留香突然敲了敲窗户，道："有人来了。"

这短短四个字还没有说完，床上的两个人已经像两只被人踩着尾巴的猫一般跳了起来。

施传宗身子缩成一团，簌簌地发抖。

樱儿的胆子反倒大些，一面穿衣服，一面大声道："是谁？想来偷东西吗？"

施传宗立刻道："不错，一定是小偷，我去叫人来抓贼。"

他脚底抹油，已想溜之大吉了。

但楚留香身子一闪，已挡住了他的去路。

施传宗也不知这人怎么来得这么快的，吃惊道："你是什么人……好大的胆子，偷东西居然敢偷到这里来，快夹着尾巴逃走，少庄主还可以饶你一命。"

看到来人是个陌生人，他的胆子也忽然壮了。

楚留香笑道："你最好先明白三件事：第一，我绝不会逃走；第二，你根本不是我的对手；第三，我更不怕你叫人。"

他根本没有做出任何示威的动作，因为他知道像施传宗这样的风流阔少，用几句话就可以吓住了。

施传宗脸色果然发了青，吃吃道：“你……你想怎么样？”

楚留香道：“我只问你想怎么样，是要我去将你老婆找来，还是带我去找梁妈？”

施传宗怔了怔，道：“带你去找梁妈？”

楚留香道：“不错，这两件事随便你选一样。”

这选择简直就像问人是愿意吃红烧肉，还是愿意吃大便一样，施传宗一颗心顿时定了下来。

他生怕楚留香还会改变主意，赶紧点头道：“好，我带你去找梁妈。”

小院中的偏厅已改作灵堂。

梁妈坐在灵位旁，垂着头，似又睡着了，暗淡的烛光，映着黄棺白幔，映着她苍苍白发，看来真是说不出的凄凉。

施传宗带着楚留香绕小路走到这里，心里一直在奇怪，无论如何也想不出这人找梁妈为的是什么。

只见楚留香走过去站在梁妈面前，轻轻咳嗽了一声。

梁妈一惊，几乎连人带椅子都跌倒在地，但等她看清楚面前的人时，她已哭得发红的老眼中竟似露出一丝欣慰之意，道：“原来又是你，你总算是个有良心的人，也不枉茵儿为了你……”

说到“茵儿”，她喉头又被塞住。

楚留香叹了口气，道：“不认得你的人，一定会以为你才是茵姑娘的母亲。”

梁妈哽咽着道：“茵儿虽不是我生的，却是我从小带大的。我孤苦伶仃，无依无靠，只有她可算是我的亲人，现在她已死了，我……

我……”

楚留香心里也不禁觉得有些凄凉，这时施传宗已悄悄溜走，但他却故意装作没有看到。

梁妈拭着眼泪，道：“你既来了，也算尽到了你的心意，现在还是快走吧，若是再被夫人发现，只怕就……”

楚留香忽然道：“你想不想再见茵姑娘一面？”

梁妈霍然抬起头，吃惊地望着他，道：“但……但她已死了！”

楚留香道：“你若想见她，我还有法子。”

梁妈骇然道：“你……你有什么法子？难道你会招魂？”

楚留香道：“你现在也不必多问，总之，明天正午时，你若肯在秀野桥头等我，我就有法子带你去见茵姑娘。”

梁妈呆了很久，喃喃道：“明天正午，秀野桥，你……你难道……”

突听一人道：“好小子，算你够胆，昨天饶了你，今天你居然还敢来！”

楚留香不用回头，就已知道这是花金弓来了，但他看来一点也不吃惊，似乎早就等着她来。

只见花金弓和施少奶奶今天都换了一身紧身衣裤，还带了十几个劲装的丫环，每个人都手持金弓，背插双剑，行动居然都十分矫健。

楚留香笑了笑道：“久闻夫人的娘子军英勇更胜须眉，今日一见，果然不凡。”

花金弓冷冷笑道：“你少来拍马屁，我只问你，你究竟是不是楚留香？”

楚留香道：“楚留香，我看来很像楚留香吗？”

施少奶奶铁青着脸，厉声道：“我也不管你是楚留香，还是楚留臭，你既然有胆子来，我们就有本事叫你来得去不得！”

楚留香叹了口气，道：“好威风呀，好杀气，难怪施少庄主要畏你如虎了。”

施传宗忽然在窗子外一探头，大声道：“我们夫妻是相敬如宾，你小子少来挑拨离间。”

花金弓道：“废话少说，我只问你，你是想死，还是想活？”

楚留香道：“在下活得很有趣，自然是想活的。”

花金弓道：“你若想活，就乖乖地跪下来束手就缚，等我们问清楚你的来历，也许……非但不杀你，还有好处给你！”

她故意将“好处”两个字说得又轻又软，怎奈楚留香却像一点也不懂，淡淡问道：“我若想死呢？”

花金弓怒道：“那就更容易，我只要一抬手，连珠箭一发，你就要变刺猬了。”

楚留香笑道：“牡丹花下死，做鬼也风流。做刺猬又有何妨？”

花金弓道：“好，这是你自找的，怨不得我！”

她的手一招，金弓已搭起，十几个娘子军也立刻张弓搭箭。看她们的手势，已知道这些小姑娘一个个都是百步穿杨的好手，何况“连珠箭”连绵不绝，就算能躲得了第一轮箭，第二轮箭就未必躲得开了。

谁知就在这时，楚留香身子忽然一闪，只听一连串娇呼，也不知怎地，十余柄金弓忽然全都到了楚留香手上，十余个少女石像般定在那里，竟已全都被点了穴道！

花金弓和施少奶奶虽然明知这“漂亮小伙子”有两下子，却也未想到他竟有如此快的出手！

两人交换了个眼色，一柄弓，两口剑，闪电般攻出。

但楚留香今天却似存心要给她们点颜色看，再也不像昨天那么客气了，身子一转，也不知用了什么招式，就已擒住了施少奶奶的手腕，将她的剑向前面一送，只听“嘣”的一声，花金弓的弓弦已被割断。

楚留香倒退几步，躬身笑道：“唐突佳人，万不得已，恕罪恕罪。”

施少奶奶脸色发白，她毕竟是名家之女，识货得很，此刻已看出自己绝不是这小伙子的对手，忽然抛下双剑，一把将施传宗从门外揪了进来，跺脚道：“你老婆被人欺负，你却只会站在旁边做缩头乌龟，这还能算个男人吗？快打死他，替我出气。”

施传宗脸色比他老婆更白，道：“是是是，我打死他，我替你出气。”

他嘴上说得虽响，两条腿可没有移动半步。

施少奶奶用拳头擂着他的胸膛，道：“去呀，去呀，难道连这点胆子都没有？”

施传宗被打得龇牙咧嘴，连连道：“好，我去，我这就去！”

话未说完，忽然一溜烟地逃了出去。

施少奶奶咬着牙，竟然放声大哭起来，喊着道：“天呀，我嫁了个这么没用的男人，你叫我怎么活呀……”

她忽然一头撞入花金弓怀里，嘶声道：“我嫁到你们家里真是倒了八辈子的霉，否则有谁敢欺负我，我也不想活了，你们干脆杀了我吧……”

楚留香看得又好气，又好笑，他也想不到这位少奶奶不但会使剑，撒泼耍赖的本事也不错。

只见花金弓两眼发直，显然也拿她这媳妇没法子。

楚留香悠然道：“少奶奶这耍赖的功夫，难道也是家传的吗？”

施少奶奶跳了起来，哭吼着：“你放的是什么屁！除了欺负女人你还会干什么？”

楚留香道：“我本来也认为你真是女人，现在却已有些怀疑了。”

施少奶奶咬着牙道：“你能算是男人吗？你若敢跟我去见爹爹，就算你是个男人，否则你就是个不男不女的孬种！”

楚留香淡淡道："我若不敢去，今天晚上也就不会再来了，但你现在最好安静些，否则我就用稻草塞住你的嘴。"

薛衣人的庄院规模不如掷杯山庄宏大，但风格却更古雅，厅堂中陈设虽非华美，却当真是一尘不染，窗棂上绝没有丝毫积尘，院子里绝没有一片落叶，此刻虽方清晨，却已有人在洒扫着庭院。

施少奶奶一路上果然都老实得很，楚留香暗暗好笑，他发觉"鬼也怕恶人"这句话真是一点也不错。

但一到了薛家庄，她就立刻威风了起来，跳着脚，指着楚留香的鼻子道："你有种就莫要逃走，我去叫爹爹出来。"

楚留香道："我若要走，又何必来？"

花金弓眼睛瞟着他，冷笑道："胆子太大，命就会短的。"

施少奶奶刚冲进去没多久，就听得一人沉声道："你不好好在家侍候翁姑，又到这里来作甚？"

这声音低沉中隐隐有威，一听就知道是惯于发号施令之人。

施少奶奶带着哭声道："有人欺负了女儿，爹也不问一声，就……"

那人厉声道："你若安分守己做人，有谁会平白无故地来欺负你，想必是你又犯了小孩脾气……亲家母，你该多管教管教她才是，万万不可客气。"

花金弓已赶紧站了起来，赔笑道："这次的事可半点不能怪姑奶奶，全是这小子……"

她唠唠叨叨在说什么，楚留香已懒得去听了，只见名满天下的第一剑客薛衣人，此刻已在他眼前。

只见这老人面容清癯，布鞋白袜，穿着件蓝布长衫，风采也没有什么特异之处，只不过一双眼睛却是炯炯有光，令人不敢逼视。

施少奶奶正在大声道："这人叫叶盛兰，茵大妹子就是被他害死的，他居然还有脸敢撒野，连你老人家他都不瞧在眼里。"

花金弓道："据说这人乃是京里的一个浪荡子，什么都不会，就会在女人身上下功夫，也不知害过多少人了。"

施少奶奶道："你老人家快出手教训教训他吧。"

她们在说什么，薛衣人似乎也全未听到，他只是瞬也不瞬地凝注着楚留香，忽然抱了抱拳，道："小女无知，但望阁下恕罪。"

楚留香也躬身道："薛大侠言重了。"

薛衣人道："请先用茶，少时老朽再置酒为阁下洗尘。"

楚留香道："多谢。"

施少奶奶瞧得眼睛发直，忍不住道："爹，你老人家何必还对这种人客气，他……"

薛衣人忽然沉下了脸，道："他怎样？他若不看在你年幼无知，你还能活着回来见我吗？"

施少奶奶怔了怔，也不知她爹爹怎会看出她不是人家的对手。

花金弓赔笑道："可是他……"

薛衣人沉声道："亲家母，老夫若是两眼还不瞎，可以断言这位朋友绝不是京城的浪荡子，也不是叶盛兰，否则他就不会来了。"

他转向楚留香，微微一笑，道："阁下风采照人，神气内敛，江湖中虽是人才辈出，更胜从前，但据老朽所知，像阁下这样的少年英雄，普天之下也不过只有两三人而已。"

楚留香道："前辈过奖。"

薛衣人目光闪动，道："据闻金坛千柳庄的'蝙蝠公子'无论武功人望，俱已隐然有领袖中原武林之势，但阁下显然不是蝙蝠公子。"

楚留香笑了笑，道："在下怎敢与蝙蝠公子相比。"

薛衣人也笑了笑，道："阁下的武功人望，只怕还在蝙蝠公子之上，若是老朽猜得不错，阁下想必就是……”

他盯着楚留香，一字字道：“楚香帅！”

这老人竟一眼看出了他的来历，楚留香暗中也吃了一惊，动容道：“前辈当真是神目如电，晚辈好生钦佩！”

薛衣人捋须而笑，道：“如此说来，老朽这双眼睛毕竟不瞎，还是认得英雄的。”

花金弓和施少奶奶面容全都改变了，失声道：“你真的是楚留香？”

楚留香微笑点了点头。

花金弓眼睛发直，道：“你……你为何不早说呢？”

楚留香道：“在下昨夜便已说了，怎奈夫人不肯相信而已。”

花金弓怔了半晌，长长叹了口气，道：“你若非叶盛兰，为何到我们那里去呢？”

楚留香道：“久闻夫人之名，特去拜访。”

花金弓笑了，连眼睛都笑了，道：“好，好，你总算看得起我，我却好像有点对不起你……这样吧，明天晚上我请你吃鲈鱼，我亲自下厨房，叫你看看我的手艺是不是比左老头子差。你可千万要赏脸呀。”

楚留香笑道：“夫人赐，怎敢辞。”

施少奶奶忽又冲了进去，一面笑道：“我也会调理鲈鱼，我这就下厨房去。”

花金弓咯咯笑道：“楚香帅，你可真是好口福，我们家的宗儿和她做了好几年夫妻，都没有看到她下过一次厨房哩。”

薛衣人只有装作没有听到，咳嗽几声，缓缓道：“久闻香帅不使剑，但天下的名剑，一经香帅品题，便立刻身价百倍，老朽倒也有几口藏剑，想请香帅法眼一评。”

楚留香大喜道：“固所愿也，不敢请耳。”

花金弓笑道："你今天非但口福不浅，眼福更好。我们亲家翁的那几口剑，平时从来也不给人看的，连我都看不到。"

薛衣人淡淡道："剑为凶器，亲家母今天也还是莫要去看的好。"

# 第四章

## 天下第一剑

薛家庄也是依山而建的，青色的山脉，蜿蜒伸展入后山，有时园中的雾几乎已可和山巅的云雾结在一起。

他们踏着碎石子的路，穿过后园，园子里并没有鲜艳的花木，一亭一石都带着雅致的古拙之意。

楚留香和薛衣人并肩而行，谁都没有说话，一个人到了某种地位时，就自然会变成一个不多话的人。

秋天的早上风并不冷，天却很高，他们走入个青翠的竹林，露珠凝结在竹叶上，就像是镶嵌在翡翠上的珍珠。

竹林的尽头便连接着山麓，已被青苔染绿的壁上，有道古拙的铁门，看来坚实而沉重。

薛衣人开了门，道："香帅请，老夫带路。"

门后是条长而黑暗的石道，寒气森森，砭人肌肤，薛衣人等楚留香走进来，就立刻又将门紧紧闭上，将光明和温暖一齐隔断在门外，四下骤然沉寂了起来，连一丝声音都听不到。

若是要杀人，这的确是好地方。

但楚留香却并没有丝毫不安，他似乎对薛衣人很信任，薛衣人和他初见，便将他带到这秘密的重地中来，他似也并不觉得奇怪。

石地转过几折，便到了个深邃的洞穴。

石壁上嵌着铜灯，阴森森的灯光下，只见洞穴四面都排着石案，每张石案上都有个黝黑的铁匣。

迎面一张石案上的铁匣长而窄，里面装的想必就是薛衣人视同拱璧的剑器，但另一些铁匣中装的是什么呢？

薛衣人捧着剑匣，似乎忘了身旁还有楚留香存在，他全心全意都已融入剑中，到了忘人忘我的境界。

楚留香忽然发现这老人竟似完全变了。

楚留香第一眼看到他时，只觉得他的风度优雅而从容，就像是个不求闻达的智者，也像是个已厌倦红尘、退隐林下的名人，神情虽未免稍觉凌厉，但绝没有露出令人不安的锋芒。

楚留香方才和他并肩走在还不到三尺宽的小径上，也没有丝毫担心，就仿佛和一个平凡的老人走在一起。

但现在，剑还未出鞘，楚留香已觉得有种逼人的剑气刺骨生寒，这剑气显然不是“剑”发出来的。

这剑气就是薛衣人本身发出来的！

在这里他已不再是和儿女亲家闲话家常的老人，一踏入这道门，他就又变成了昔日叱咤江湖、快意恩仇的名侠！

这地方藏的不只是剑，还藏着他昔日的回忆，所以他才绝不允许任何人侵犯到这里来。

但他为何又要楚留香来呢？

薛衣人缓缓开启了铁匣，取出了柄剑。

这口剑形状古朴，黝黑中带着墨绿的剑身，并没有耀目的光芒，只不过楚留香远在八尺外，已觉得寒气砭人肌肤。

“锵”的一声，薛衣人以指弹剑，剑作龙吟。

楚留香脱口道："好剑！"

薛衣人目光闪动，道："香帅认得这口是什么剑吗？"

楚留香缓缓道："昔日周室之名主太康、少康父子，集天下名匠，铸八方之铜，十年而得一剑，便是那八方铜剑！"

薛衣人道："好，好眼力。"

他虽在大声称赞，面上却毫无表情，又取出口剑来。

这口剑皮鞘华美，剑柄上嵌着松绿石，镶金丝，剑柄与剑身中的"镜"，虽似黄金铸成，却作古铜颜色。

薛衣人道："这口剑呢？"

楚留香道："古来雄主，皆有名剑，少康铸八方铜剑，颛顼有'画影''腾空'，太甲有剑名'文光'，武丁有剑名'照胆'……"

他笑了笑，道："这口剑就是'照胆'，但剑匣却被后人加以装饰过了。"

薛衣人道："好，好眼力！"

他冷漠的面上却仍不动声色，但目中已有些赞赏之意，过了半晌，又缓缓取出一口剑来。

这口剑乌鲨皮鞘，紫铜吞口，长剑出鞘才半寸，已有种灰蒙蒙、碧森森的寒光映入眉睫。

薛衣人手里捧着这口剑，眼睛里的光仿佛更亮了。

他凝注着剑锋，沉默了很久，才一字字道："香帅请看，这口剑是什么剑？"

楚留香也凝注着剑锋沉默了很久，才缓缓道："这是口无名之剑。"

薛衣人长眉骤然轩起，道："无名之剑？"

楚留香道："不错，无名之剑，但剑虽无名，人却有名。"

薛衣人道："此话怎讲？"

楚留香道："干将镆铘，前辈可知道吗？"

薛衣人道："干将镆铘上古神兵，老朽虽未得见，却听到过的。"

楚留香笑了笑，道："其实'干将镆铘'只不过一双夫妻的名字，但百年以后，提起'干将镆铘'四个字，却只知有剑，而将其人忘怀了。"

他不等薛衣人说话，接着又道："越王聘欧冶子铸剑五，是谓'纯钧''湛卢''毫曹''鱼肠''巨阙'，楚王命风胡子求剑得三，是为'龙渊''泰阿''工布'，千载以来，提起这八口剑来，可说无人不知，但知道欧冶子与风胡子这两位大师的又有几人？"

薛衣人道："香帅的意思是……"

楚留香道："这只因为人因剑名，人的光芒已被剑的光芒所掩盖，是以后人但知有湛卢、巨阙，而不知有欧冶子。"

薛衣人道："不错，武林中还记得欧冶子的人确实不多。"

楚留香道："前辈掌中这口剑，剑虽无名，但能使此剑的却必非寻常人。"

薛衣人道："哦！何以见得？"

楚留香道："只因此剑锋芒毕露，杀气逼人，若非绝代之高手，若无惊人之手段，但不足以驭此剑，只怕反倒要被剑伤身。"

他笑了笑，道："若是在下两眼不瞎，这口剑必定就是前辈昔日纵横江湖时所佩之物。"

听到这时，薛衣人才为之悚然动容，失声道："香帅当真是神目如电，老朽好生佩服。"

这番话也正是楚留香赞美薛衣人的话，两人相视一笑，各人心里都不禁生出几分敬重相惜之意。

薛衣人道："江湖传言，的确不虚，香帅的见识和眼力果然都非同小可，但香帅可知道四壁的这些铁匣装的是什么？"

楚留香道："能与名剑做伴，匣中必非常物。"

薛衣人打开了个铁匣，匣子里却只有件长衫。

雪白的长衫，已微微发黄，可见贮藏的年代已有不少。

薛衣人将长衫一抖，楚留香这才发现长衫的前胸处有一串血迹，就像是条赤红的毒蛇般蜿蜒在那里。

在惨淡的灯光下看来，血迹已发黑了。

薛衣人缓缓道："香帅可知道这衣服上染的是谁的血？"

他眼睛虽在盯着长衫上的血迹，却又似乎在望着很远很远的地方，过了很久，才淡淡一笑，接道："这已是很久以前的事了，香帅只怕并未听到过这人的名字，但三十年前，'杀手无常'裴环却也非等闲人物。"

楚留香肃然道："晚辈虽年轻识浅，却也知道'杀手无常'掌中一双无常钩打遍南七省，却不知此人已死在前辈手上。"

薛衣人道："那是在勾漏山……"

他神思似已回到遥远的往日，缓缓地叙说着。

楚留香眼前仿佛已展出一幅肃杀苍凉的图画……

勾漏山，暮霭苍茫，西天如血。

薛衣人白衣如雪，独立在寒风中，山巅上，望着面貌狰狞的"杀手无常"缓缓走了过来。

然后，剑光一闪。

鲜血溅在雪一般的衣服上，宛如在雪地上洒落一串梅花……

薛衣人缓缓道："如今三十年的岁月虽已消逝，但他们的血，却是永远不会消失的。"

楚留香道："他们的血？难道这些铁匣里……"

薛衣人冷冷道："香帅难道不明白'血衣人'这三字是如何得来的？"

楚留香望着四面石案上的铁匣，想到每个铁匣里都藏着一件雪白的长衫，每件长衫上都染着一个人的鲜血，每滴鲜血中都包含着一个令人悚悸的故事，每个故事中都必有一场惊心动魄的血战……

想到这里，楚留香心底也不禁泛起一阵寒意。

薛衣人目光如刀，一字一字道："人不犯我，我不犯人，人若犯我，剑下无情，就是这柄剑，不知饮下了多少人的鲜血。"

他剑光一闪，忽然闪电般向楚留香刺了出去！

见到中原一点红时，楚留香已觉得他剑法之快，当世无双；见到帅一帆时，楚留香就觉得一点红还不算是天下第一快剑；见到那"白痴"时，楚留香又觉得帅一帆的剑法不算什么了。

但此刻，楚留香才终于知道什么是真正的"快剑"……

薛衣人这一剑刺来，竟来得完全无影无踪，谁也看不出他这一剑是如何出手，是从哪里刺过来的。

楚留香居然根本没有闪避。

但这快如闪电、势若雷霆的一剑，到了楚留香咽喉前半寸处，就忽然停顿了！停时就像发时同样快，同样突然，同样令人不可捉摸，不可思议，这"一停"实比"一发"更令楚留香吃惊。

薛衣人发这一剑时显然还未尽全力，否则就停不下来了。他未使全力时刺出的一剑已是如此急迫，使出全力来那还得了。

薛衣人望着楚留香，似乎也有些惊异。

这一剑到了他咽喉时，他非但神色不变，而且连眼都未眨。这年轻人已有了"泰山崩于前而色不变，麋鹿兴于左而目不瞬"的定力，单只这份定力，又隐然有一代宗主的气魄。

剑尖虽还未刺入楚留香的咽喉，但森冷的剑气却已刺入他的肌肤，他喉头的皮肤上虽已起了一颗颗寒栗，面上却依然未动声色。在楚留香说来，被人用剑尖抵住咽喉，这已不是第一次了。

虽然他也知道这一次的剑比以前任何一次都要快得多，这么快的剑若已到了咽喉前，世上就没有人能闪避得开了！

薛衣人冷冷地望着他，过了很久，才一字字道："你可是为了我的剑而来的？"

楚留香笑了，道："你以为我想来偷你的剑？"

薛衣人道："楚香帅的名声，我早已久仰得很。"

楚留香道："那么你就该知道他从未在朋友身上打过主意。"

薛衣人道："无论任何事都有例外的，也许你这次就是例外。"

楚留香道："这次我为何要例外？"

薛衣人道："你对剑不但很有学问，也很有兴趣，是吗？"

楚留香又笑了，道："不错，我对剑很有兴趣。我对红烧肉也很有兴趣，但我却从未想过偷条猪回家去养着。"

薛衣人厉声道："那么你是为何而来？"

楚留香淡淡道："有人用剑对着我的脖子时，我通常都不喜欢跟他说话。"

薛衣人道："你喜欢我将剑刺下去？"

楚留香大笑道："薛衣人若是会刺冷剑的人，那么我就真看错你了，我若看错了你，就算死在你的手上，也只能怨我自已有眼无珠，一点也不冤枉。"

薛衣人又凝注了他很久，才缓缓道："你从来没有看错过人吗？"

楚留香微笑道："我若肯让他手里拿着剑，站在我身旁，就绝不会看错他。"

薛衣人仰面大笑道："好，楚留香果然浑身是胆，果然名不虚传。"

"锵"的一声，剑已入鞘。

薛衣人微笑道："但若说楚香帅是为了花金弓才到施家庄来的，我无论如何是不会相信的。"

楚留香笑道："连我自己都不相信。"

薛衣人笑容又渐渐消失，道："香帅到施家庄去，莫非就是为了要叫花金弓带你来见我？"

楚留香笑道："薛大侠既已退隐林泉，在下要见非常之人，只有用非常的手段了。"

薛衣人目光闪动，道："你为何如此急着见我？"

楚留香沉吟了半晌，道："三四年前，江湖中忽然出现了一群职业刺客。"

薛衣人悚然道："职业刺客？"

楚留香道："不错，这些人不辨是非，不分善恶，只以杀人为业，无论谁只要出得起价钱，他们就会为他杀人。"

他叹了口气，接道："他们无论什么人都杀，黑道的他们杀，白道的他们也杀，就算那些与武林素无关联的人他们还是杀。就因为如此，所以我认为他们实在比那些杀人放火的强盗还要可恨，还要可怕，因为强盗杀人至少还要选择对象。"

薛衣人动容道："江湖中出了这种人，我怎么连一点风声都不知道？"

楚留香道："这些人的行事极隐秘，若非他们找到我头上来，我也一点都不知道。"

薛衣人笑道："他们若是算计到香帅身上，只怕已离末日不远了。"

楚留香道："这些人现在的确已死的死伤的伤，不复再能为恶，只不过……这些人的首领至今却仍逍遥法外。"

薛衣人道："他们的首领是谁？"

楚留香道："我至今还不知道此人是谁，只知他非但机智过人，而且剑法绝高！"

薛衣人微微一笑，道："所以香帅就怀疑这人就是我？"

楚留香也微微一笑，道："若非如此，我也不会到这里来了。"

薛衣人目光灼灼，道："香帅如今已查出来了吗？"

楚留香缓缓道："阁下方才那一剑出手，的确和他们有七分相似。"

薛衣人沉声道："如此说来，你认为我就是那首领？"

楚留香微笑道："阁下若是那刺客的首领，方才那一剑就不会收回去了。"

薛衣人什么话也没有说，缓缓转过身，将长剑藏入石匣，只见他肩头起伏，心情似乎很激动，过了很久，才缓缓说："你可知道我为何至今还未杀死左轻侯？"

他忽然问出这句话来，楚留香不禁怔了怔。

幸好薛衣人也并没有等他回答，又道："只因我这一生非但很少有朋友，连仇人都不多，尤其是像左轻侯那样的仇人，我若杀了他，就更寂寞了。"

楚留香虽看不到他的脸，但望着他瘦削的背影，望着他长白的头发，心里也不禁泛起一阵凄凉之意，长叹道："古来英雄多寂寞……一个人在低处时，总想往高处走，但走得愈高，跟上去的人就少，等他发现高处只剩下他一个人时，再想回头已来不及了。"

薛衣人标枪般挺立着的身子，忽然像是变得有些佝偻，他又沉默了很久，才长叹了一声，道："但我已渐渐老了，一个人到了快死的时候，总想将身前的账结结清，也免得死后带进棺材去。"

楚留香沉默着，因为他不知该说什么。

薛衣人道：“所以我和左轻侯已约定，在今年的除夕作生死的决斗，那不单是我和他两人的决斗，也是我们薛左两家的决斗，因为我们两家是百年的世仇，仇恨几乎已远得令人将结仇的原因都忘记了。”

楚留香悚然动容，道：“这件事左轻侯为何没有告诉我？”

他心里已恍然明白左轻侯为何急着要将女儿嫁到丁家去了，只因女儿一嫁出去，就不再是左家的人，就不必再参与这场决生死的血战——左轻侯为女儿的苦心，实在是无微不至。

薛衣人霍然转过身，凝注着楚留香，道：“但我以为他已告诉你了，以为你就是为了要助拳才到松江府来的，所以先要设法来探听我的虚实。”

楚留香道：“所以才要设法来偷你的剑，一个人要和老虎搏斗，最好先设法拔掉它的牙齿。”

他笑了笑，淡淡道：“但楚留香就算是这样的人，左轻侯也绝不会是这样的人，否则他就不配做薛衣人的对头了！”

薛衣人道：“楚留香若是这种人，那么我就算看错你了，那也只能怪我自己有眼无珠，怪不得别人，是吗？”

这句话正是楚留香方才对他说的。楚留香望着他冷漠的面容，心里忽然泛起一阵温暖之意，只因他已发现这老人其实并不像外表看来那么冷酷。

他暗中叹了口气，道：“你们的除夕决斗难道已势在必行了吗？”

薛衣人沉默了半晌，忽然一笑，道：“此刻鱼想已烧好了，我们为何不先去喝一杯再说？”

楚留香并不是胡铁花那样的酒鬼，他白天一向很少喝酒的，只有心情特别高兴，或者特别悲伤时才是例外。

今天也就是例外。但他却不知道今天是特别高兴，还是特别难过。他心里有很多事，而且很复杂，他要找个时候好好想清楚。在没有想清楚之前，他决定什么事也不做。

鲈鱼烧得的确不差，只不过楚留香却怀疑鱼不是那位施少奶奶做的，因为她手上连一点油腻都没有。

楚留香见过很多不会烧菜的女人，却偏偏喜欢故意躲在厨房里，然后再将菜端出来，硬说："菜烧得不好，请原谅。"

让别人以为菜就是她烧的，因为就连这种女人也知道会烧菜不但是做妻子的光荣，也是她丈夫的光荣。

楚留香总觉得这种人很可笑，总想问问她们："你既然觉得不会烧菜很丢人，以前为何不学学呢？"

施少奶奶果然已娇笑着道："鱼烧得只怕不好，香帅你莫要见笑。"

楚留香还未说话，薛衣人已淡淡道："你根本连炒蛋都不会，这条鱼也不是你烧的……"

他话未说完，施少奶奶已红着脸溜了进去。

花金弓哧哧笑道："想不到亲家翁也会说话，想必是因为见了香帅心情才特别好，这倒应该谢谢我才是。"

薛衣人道："不错，等施举人来了，我一定敬他一杯。"

花金弓怔了怔，勉强笑道："香帅在这里坐，我到后面找亲家母聊天去。"

薛衣人等她走了，才叹口气，道："她总算听懂了我的话，总算知道自己该到什么地方去了，这倒真不容易。"

楚留香笑道："的确不容易。"

薛衣人举杯道："若不将女人赶走，男人怎能安心喝酒？来喝一杯。"

楚留香一饮而尽，忽然长叹道："若非薛左两家的世仇，你和左轻侯一定会成为好朋友的。”

薛衣人脸色变了变，道：“你本是左轻侯的朋友，如今也是我的朋友，我只望你明白一件事，薛左两家的仇恨，是谁也化解不开的。”

楚留香道：“为什么？”

薛衣人沉声道：“你可知道这一百年来，薛家已有多少人死在左家人的手上？”

楚留香道：“是否和左家人死在薛家人手上的差不多？”

薛衣人道：“正是如此，也正因如此，是以薛左两家的仇恨才愈结愈深，除非这两家人中有一家死尽死绝，否则这仇恨谁也休想化解得开。”

楚留香只听得心里发冷，正不知该说什么。

突听一人大叫道：“好呀，你们有好酒好菜，也不叫我来吃。”

一个人横冲直撞地走了进来，却正是那“白痴”薛宝宝，他今天穿的一套红衣服上竟绣着只绿乌龟。

楚留香发现他好像已全不认得自己了，一坐下来就将整盘鱼搬到面前，用手提起来就吃。

薛衣人皱了皱眉，苦笑道：“这是舍弟笑人，他……他……”

薛宝宝满嘴都是鱼，一面吐刺，一面笑道：“薛衣人是大剑客，薛笑人却是大吃客。薛笑人虽然从小打不过薛衣人，但吃起来薛衣人却要落荒而逃。”

薛衣人怒道：“谁叫你来的？”

薛宝宝笑嘻嘻道：“这也是我的家，我为何不能来？你可以骂我，骂我没出息，总不能说我不是薛老爹的儿子吧。”

薛衣人长叹了口气，摇着头道：“香帅莫见笑，他本来不是这样子的，直到七八年前，也不知道为了什么，竟忽然……忽然变了。”

楚留香心里暗暗叹息。“家家都有本难念的经”，这一代名侠，其实也和普通人一样，也有他的烦恼和不幸，只不过这些事都已被他耀目的光辉所掩，人们只能看到他的光彩，却忘了有光的地方必有阴影。

楚留香的本意确实是为了要探查那刺客集团的神秘首领而来的，但现在他主要的目的却改变了。

左轻侯是他的好朋友，他一定要为左轻侯解决这问题，何况，“借尸还魂”这件事实在太不可思议，他自己也想将这件事弄明白，到“薛家庄”来之前，他本有许多话要对薛衣人说。

可是现在他忽又改变了主意，他忽然发现这件事其中还有许多值得研究之处，所以他决定暂时什么话都不说。

薛衣人并没有坚持挽留他，只和他定下了后会之期，然后亲自送他到门口，目送着他远去。

薛宝宝却躲在门后哧哧地笑。

楚留香没有乘车，也没有骑马。他一直认为走路的时候头脑往往会变得很清楚，因为走路可以使血液下降，血液下降了，头脑自然就会冷静，而他现在最需要的就是一个冷静的头脑。

但他究竟发现了什么？究竟想什么呢？

秋天的太阳照在人身上，轻柔温暖得就像是情人的手，令人觉得说不出的舒服，秋天，正是适于走路的时候。

可是，还没有走出多远，楚留香就发现后面有个人不即不离地盯着他。这人骑着头黑油油的驴子，头上戴着顶又宽又大的帽子，而且一直低垂着头，似乎生怕别人瞧见他的面目。

楚留香根本就没有回头瞧他一眼，像是不知道后面有人，这人的胆子就愈来愈大了，走得愈来愈近。

楚留香暗暗觉得好笑，这人想必是个初出江湖的新手，否则他怎会有这么大的胆子来盯楚留香的梢?

将近正午的时候，楚留香就到了秀野桥。

桥上有个青衣妇人正闪闪缩缩地向西头眺望，她头上包着青布帕，用两只手紧紧抓住，显然也生怕被人瞧见面目。但楚留香还是一眼就瞧出她是谁了。

那骑着黑驴子的人看见楚留香走上桥，就躲在一棵树后，却露出了半边脸一只眼睛，将帽子随手摘了下来。他好像以为只有自己有眼睛，别人都是瞎子。

楚留香却好像真的忽然变成瞎子了。

桥上的青衣妇人自然就是梁妈，她一张苍老干瘪的脸也不知是因为被风吹的，还是因为害怕发了青。一看到楚留香，她就匆匆赶过来，喘息着道："谢天谢地，你总算来了。"

楚留香道："你以为我骗你？以为我不会来？"

梁妈嗫嚅着道："但你真有法子能让我再见到小姐吗？只要能见小姐一面，我……我死了也甘心。"

# 第五章

## 刺　客

梁妈望着楚留香，不胜企盼地道：“你真能够让我见到小姐？”

楚留香道：“你若有诚心，自然看得到她。”

梁妈道：“我当然有诚心，观音菩萨……”

楚留香不让她说完这句话，就抢着道：“好，那么你三天后再来，莫要在正午，等到天黑了再来。”

梁妈怔了怔，道：“三天！还要再过三天？”

楚留香正色道：“这种事自然要选日子，急不得的，你若真有诚心，连三天都等不得吗？”

梁妈自然很容易就打发走了，楚留香虽觉得对这善良的老太婆有些抱歉，但这三天的时间关系却实在太大。

过了三天后，所有的事也许就全改观了。

突然间，蹄声骤响。

那骑着黑驴子的人忽然加速疾驰而来，追到楚留香身后，突地反手一鞭，向楚留香的脖子抽了下去。

长鞭破空，划起了尖锐的风声。

楚留香头也未回，一伸手，就捉住了鞭梢，笑叱道：“下来吧！”

他随手一抖，那人身子就自鞍上飞起，凌空一个翻身，落在桥畔，头上的遮阳帽也掉了，露出一张长长的马脸。

这人居然是施少奶奶。

黑驴子直冲到桥头，才停了下来，用颈子磨着桥柱，一声声轻嘶，那神情倒有几分和施少奶奶相似。

楚留香微笑道："不知是少奶奶驾到，险些就得罪了，恕罪恕罪。"

施少奶奶恨恨盯着他，道："你少说风凉话，我问你，你一天到晚鬼鬼祟祟的，究竟在干些什么？你究竟打我们什么主意？"

楚留香叹了口气，道："我有天大的胆子，也不敢打少奶奶你的主意呀。"

施少奶奶脸居然也红了，大声道："那么，你将梁妈找来干什么？"

楚留香道："什么也没有，只不过聊聊天而已。"

施少奶奶冷笑道："楚香帅的胃口是几时改变了的，几时变得喜欢跟老太婆聊天了？"

楚留香又叹了口气，道："我不找老太婆聊天，难道少奶奶肯陪我聊天吗？"

施少奶奶盯着他，眼睛里忽然有了笑意，忽然掉头就走。她的身材不错，只看背影，倒颇有韵致。

楚留香只希望她莫要回头，一回头就糟了。

不幸施少奶奶却偏偏要回头，而且还笑了笑，道："你既然要跟我聊，为什么不跟我来？"

楚留香这次真的叹了口气，他想，若有谁敢用"回眸一笑百媚生"这句话来形容这位少奶奶，他一定要跟那人打架。

施少奶奶不但在笑，还甩了个飞眼，道："你怕什么？难道我会吃了你？"

楚留香喃喃道："你看来倒真像会咬人的模样。"

施少奶奶道："你嘴里咕噜咕噜在说什么？"

楚留香苦笑道："我什么也没说，只不过嘴突然抽筋而已。"

他心里只希望施少奶奶的脖子忽然抽了筋，再也回不过头来，怎奈施少奶奶的脖子却灵活得很，一下子又回过头来，笑道："你又不是小狗，为什么要跟在人家后面走？"

楚留香只好硬着头皮走上前去，过了半晌，忍不住道："少奶奶，随便什么地方都可以聊天的，你要到哪里去？"

施少奶奶又白了他一眼，道："有很多小伙子都在偷偷地叫我'雪里红'，还以为我不知道。"

楚留香只有摸鼻子，发誓今后再也不吃"雪里红炒肉丝"这样菜了，宁可吃萝卜干也不吃雪里红。

薛红红嘟起了嘴，道："喂，你想找我聊天，怎么不说话呀！难道变成了哑巴？"

楚留香看到她那嘟起了的嘴，恨不得能在上面挂个油瓶。

只恨胡铁花没有来，他也许真做得出的。

楚留香干咳了两声，笑道："你那位二叔可真有趣，就像个孩子似的，但剑法却又那么高，那天晚上我要不是跑得快，差点就被他刺了个透明窟窿。"

薛红红也笑了，道："幸好你跑得快，我二叔除了吃之外，就会使剑，他疯病刚发作的时候，硬逼着我爹爹和他动手，连爹爹都几乎被他刺了一剑。"

楚留香眼睛忽然亮了，道："后来呢？"

薛红红笑道："后来爹爹自然还是将他制住了，他一气之下，就疯得更厉害。"

楚留香道："据令尊大人说，他本来并不是这样子的。"

薛红红道："嗯，他就是练剑练疯了的。"

楚留香道："哦？"

薛红红道："他剑法本来就不错，但比起我爹爹来自然还差得远，所以就拼命练剑，一心想胜过我爹爹，练得饭也不吃，觉也不睡，但无论他怎么练，还是比不上爹爹。有一天晚上他忽将二婶杀了，说是二婶总是扰乱他练剑，但杀了二婶后，他自己也变得疯疯癫癫，老说自己只有十岁，就因为年纪小，所以剑法才不如爹爹。"

楚留香叹道："一个人到了无可奈何时，也只有自己骗骗自己了。只不过他……"

薛红红忽然娇嗔道："我们为什么老是要提他呢？难道没有别的事可提了吗？"

楚留香摸了摸鼻子，道："你想听什么，我就陪你聊什么。"

薛红红瞟了他一眼，抿嘴笑道："一个男人和一个女人在一起，可聊的事太多了，你难道还不知道，难道还要我来教你？"

她哧哧笑道："你若还要别人教，你就不是风流侠盗楚留香了。"

楚留香一听"风流侠盗"这名字就头疼，更令他头疼的是，他发现薛红红带他走的路愈来愈偏僻，而且路的尽头，林木掩映中，似乎还有几间屋子，他不敢想象到了屋里之后会发生什么事。

但这时他想走已来不及了。

薛红红已拉住他的手，媚笑道："我带你到个好地方去，你应该怎么感激我才是呢？"

楚留香道："我……咳咳，这……咳咳……"

他忽然跳起来，道："不好，你那头黑驴子不见了，快回去找吧！"

薛红红咯咯笑道："一头驴子丢了也没有什么了不得，我有了你，还要驴子干什么？"

若有人说楚留香会脸红，非但别人不信，只怕连他自己也不会相信，但现在，他的脸真有些红了。

薛衣人也许就因为杀人杀得太多了，所以才会生下这种宝贝女儿，他还没有被女儿气死，倒真是怪事一件。

薛红红已拉着楚留香向那枫林奔了过去。

阳光映得一林枫叶红如晚霞，枫林中山屋三五，建筑得又小巧，又精致，看来宛如图画。

这实在是情人们幽会的好地方。

此刻在楚留香身旁的若不是薛红红，到了这种地方，他一定会觉得有些“飘飘欲仙”，但现在，他却觉得自己好像个活鬼。

活活的倒霉鬼。

薛红红一只手拉着他，一只手已在推门。

楚留香苦笑道：“这……这是谁的屋子你也不知道，怎么随便推人家的门？若要被人当小偷抓住，岂非冤枉？”

薛红红道：“谁敢将我当小偷？”

楚留香道：“平时自然不会，但你若跟我在一起，就说不定了。我的名声一向不太好，说不定会连累你。”

他一面说，一面就想溜之大吉。

但薛红红却将他的手抓得更紧，笑道：“你放心吧，这里也是薛家的产业。”

楚留香又想摸鼻子，怎奈两只手都被薛红红拉住了，只有苦笑道：“你们家的产业倒真不少。”

薛红红道：“这本是我二叔没有发疯时独居练剑的地方，后来就空了下来，我二弟打猎时虽也时常来住，但这几天他却到……”

她一边说着话，一边已推开门，说到这里，突听一人怒吼道：“什么人敢乱闯？”

吼声中，一样黑乎乎的东西直打了出来，擦着薛红红的头皮飞过，远远落在门外，竟是只靴子。

屋子里布置得简单而精致，地上铺着又厚又软的兽皮，两个几乎已脱得完全赤裸的人，正在兽皮上打滚。

薛红红一开门，男的立刻怒吼着跳起来，抄起只靴子就往外掷，女的赶紧抢起件衣服，掩住胸腹，却还是没能掩住两条白生生的腿。即使用楚留香的眼光来看，这两条腿也算是第一流的。

那男的年纪很轻，也是一身细皮白肉，长得倒很英俊，只不过脸色苍白，眼睛里布满了红丝。

看到推门的薛红红，他脸上怒容立刻变为惊讶。薛红红看到他，也吃了一惊，失声道：“是你？”

这少年一把抓起衣服，就躲到张椅子后面去了。

那女的想站起来，看到楚留香笑眯眯的眼睛，赶紧又坐了下来，将两只又长又直的腿拼命向里面缩。

薛红红铁青着脸，厉声道：“你岂非已经到省城去办年货了吗？怎么会到了这里？”

那少年一面穿衣服，一面赔笑道：“反正离过年还早得很，我想等两天再去也不迟。”

薛红红冷笑道：“我早就在奇怪，你怎么会忽然勤快起来了，居然抢着办事，原来你是想避开爹爹到外面来打野食。”

她眼睛一瞪，道：“我问你，这女的是谁？”

那少年道：“是……是我的朋友。”

薛红红冷笑道：“朋友？我看你……”

那少年忽然伸出头来，抢着道：“我问你，你这男的又是谁？”

薛红红怔了怔，道：“是……自然是我的朋友。”

那少年也冷笑道：“朋友？我看只怕未必吧！”

薛红红恼羞成怒，跳起来吼道：“老二，我告诉你，你少管我的闲事。”

那少年悠悠道：“好，我们来订个交易，只要你不管我的闲事，我也绝不管你的闲事，否则若是闹出去，只怕你比我更丢人。”

薛红红冲了过去，抬起腿一脚将椅子踢翻，大叫道：“我有什么好丢人的？我又没脱光屁股跟人家捣鬼……”

楚留香实在不想再听下去了，悄悄带起门，溜了出去，心里说不出的难受——替薛衣人难受。

他现在自然已知道这少年就是薛家二公子薛斌，这姐弟两人真是一个模子里铸出来的活宝。

只可怜薛衣人一世英名，竟生出这么样一对儿女来。“豪门多孽子”，楚留香发觉这句话真是说得有学问。

一个人若想成为天下无双的剑客，就最好不要养儿女，因为最好的剑客，必定是最坏的父亲。

剑，就像是女人一样，你想它服从你，就一定要全心全意地对它，否则它就会出卖你。

一个人纵然被女人出卖了两百次，还可以再找第两百零一个女人，但只要被剑出卖一次，就得死！

楚留香叹了口气，喃喃道：“薛衣人，薛衣人，你虽能将剑指挥如意，但是你自己何尝不是剑的奴隶……”

房子里那姐弟两人还在争吵，而且声音愈来愈大，但门却忽然开了，一个人飞跑了出来，大声道：“喂，你等一等。”

楚留香一回头，就看到那方才像条小白羊般蜷曲在虎皮上的女孩子，正在向他不停地招手。

现在她当然穿起了衣服，但扣子还没有扣上。她没有穿鞋袜，衣襟里露出了一段雪白的皮肤，白得令人眼花，百褶裙下面露出了一截修长的小腿，纤巧的足踝和一双底平趾敛的脚。

楚留香尽量想使自己的眼睛规矩些，尽量不往她的衣襟里面看，但这双脚却实在是种诱惑。

只要是男人，就无法拒绝这种诱惑。

楚留香叹了口气，道："你是在叫我？"

那少女道："不错，我有话要跟你说。"

她飞奔过来，突然轻呼了一声，一个又香又甜又温柔的身子就整个倒入了楚留香怀里。

楚留香苦笑道："你若想找个人替薛二少做完他方才还没有做完的事，你只怕找错人了。"

那少女似乎根本没有听到他在说什么，颤声道："我的脚，我的脚……"

楚留香这才发现她的脚原来已被石头割破了，鲜血一滴滴往下流，疼得她眼泪都几乎流了出来。

她不但腿美、脚美，脸也美，此刻美丽的脸上满是痛苦之色，再加上几滴眼泪，更显得楚楚可怜。

楚留香又不禁叹了口气，喃喃道："下次跟别人幽会的时候，记住千万莫要脱鞋子。"

这女孩子看来虽是那么丰满，但身子却轻得很，楚留香几乎完全没有用力气，就将她抱了起来。

那少女咬着嘴唇勉强一笑，轻轻道："谢谢你。"

楚留香的鼻子虽然不灵，但还是嗅到了一阵如兰似麝，可以令任何男人心跳加快的香气。

他只有将鼻子尽量离得远些，苦笑道：“你用不着谢我，还是谢谢你的脚吧。”

那少女脸飞红了起来，道：“快走，莫要等他们追出来。”

其实楚留香又何尝不怕薛红红追出来，用不着她说，楚留香已一溜烟般蹿入了山坡下的树林里。

虽然刚过正午还没有多久，树林中光线却很黝黯。无论任何女人，在这种光线下看来都会变得漂亮些的，何况这女孩子本就美得很，楚留香实在不知道自己能不能受得了这种诱惑。

他只好转过眼睛，道：“你要我将你抱到什么地方去？”

那少女喘息着，忽然拔出一柄尖刀！

楚留香正觉得她身上香气有点要命，这柄尖刀已抵住了他的胸膛，“哧”地将他的衣服划破了一条缝。

这一招倒真的大出楚留香意料之外。

只听那少女冷冷道：“你若还想要命，就得答应我一件事！”

楚留香叹道：“像你这样的女孩子要男人答应你，还用得着刀吗？”

那少女咬着牙，厉声道：“你少胡思乱想，我不是你想的那种女人！”

楚留香道：“哦？”

那少女道：“你莫以为我刚刚是在……在跟那姓薛的幽会，我只是……只是……”

说着说着，她眼泪又流了下来，美丽的脸上充满了愤怒怨恨之色，甚至连嘴唇都咬出血来。

楚留香渐渐开始觉得这女孩子有趣了，只因他已被她引起了好奇之心，他忍不住问道：“你只是在干什么？”

那少女道：“复仇！”

楚留香讶然道："复仇？为谁复仇？"

那少女道："我姐姐。"

楚留香道："你姐姐？她难道死在那位薛公子手上？"

那少女恨恨道："薛斌虽没有杀她，但她死得却更惨。薛斌若一刀杀了她，反倒好些。"

楚留香道："那么他是用什么法子害死你姐姐的？"

那少女道："他用的是最卑鄙、最可恨的手段，害得我姐姐……"

她忽然顿住语声，瞪着楚留香道："我已说得太多了，我只问你，你肯不肯答应？"

楚留香道："答应什么事？你要我帮你复仇？"

那少女道："不错。"

楚留香道："你若不将事情对我说清楚，我怎么能帮你的忙呢？"

那少女道："无论如何，你都非答应我不可，否则我就要你的命！"

楚留香笑了，道："你以为你真能杀死我？"

那少女将刀握得更紧，厉声道："你以为我不敢杀你？"

她话刚说完，突觉身子一麻，手里的刀也不知怎的忽然就到了楚留香手上，就好像楚留香用了什么魔法一样。

楚留香道："你这把刀本来是准备杀薛公子的？"

那少女拼命咬着牙，全身还是在抖个不停。

楚留香叹了口气，道："幸好你方才还没有机会下手，否则你此刻只怕也已死在薛斌手上了。"

他的手一扬，刀就飞了出去，"夺"地钉在树上。

楚留香道："你既非杀人的女孩子，这把刀也不是杀人的刀，你若真的想复仇，看来还得另外想法子了。"

那少女忽然放声痛哭起来，用一双又白又嫩的小手，拼命擂着楚留香的胸膛，痛哭着道：“你杀了我吧……你干脆杀了我倒好些。”

楚留香苦笑道：“你莫非弄错了，我可不是那位薛公子。”

那少女嗄声道：“若不能为我姐姐复仇，我也不想活了……我也不想活了……”

她忽然挣扎着从楚留香怀抱中跳下去，去拔树上的刀。

但她还没有冲过去，楚留香忽又到了她面前。

她身子又冲入了楚留香怀里。

楚留香轻轻拍着她的肩头，柔声道：“像你这样又年轻又美丽的女孩子，若也不肯活下去，那还有什么人能活得下去呢？你若连活的勇气都没有，怎么能替你姐姐复仇？”

那少女垂着头，跺着脚，流泪道：“我反正已没希望了，死了倒干净。”

楚留香道：“谁说你没希望？”

那少女霍然抬起头，道：“你……你肯帮我的忙？”

楚留香道：“也许，可是你一定要先将这件事说明白。”

他扶着她在树下坐了下来，静静地瞧着她，道：“你至少总得先告诉我，你是谁？叫什么名字？”

他的目光是那么温柔，又那么明亮，令人觉得他不但可以做最温柔的情人，也可以做忠诚的朋友。

那少女垂下头，苍白的面颊已起了红晕，嗫嚅着道：“我……我姓石……”

楚留香道：“石小毛？”

那少女红着脸道：“不是，石绣云。”

楚留香笑了，道：“这名字正配得上你，你也是这地方的人？”

石绣云道：“嗯。”

楚留香道：“就住在这附近？”

石绣云道："我们家种的田，也是薛家庄的。我父亲没有去世的时候，还在薛家的家塾里教过书。"

楚留香道："所以你姐姐才会认得薛斌？"

石绣云咬着嘴唇道："薛斌小的时候，我父亲最喜欢他，总说他又聪明，又能干，又文武双全，将来一定有出息，所以时常带回家来玩，谁知他……他竟是个人面兽心的畜生，爹爹在九泉下若知道他做的事，只怕……只怕……"

说着说着，她不禁又轻轻啜泣起来。

楚留香道："你姐姐究竟是怎么死的呢？"

石绣云只是摇着头，流着泪，什么话都不说。

楚留香知道这件事其中必有许多难言的隐衷，他本不愿逼别人说出自己不愿说的事。

但薛斌却是施茵的未婚夫婿，有关他的每件事，都可能关系着这"借尸还魂"的秘密。

楚留香忽然道："你的脚还疼吗？"

石绣云又流着泪点了点头。

楚留香轻轻握住了她纤巧的足踝，用一块洁白的丝巾温柔地替她擦净了脚底的血污和泥沙。

石绣云的身子已剧烈地颤抖起来，脸上更红得像是晚霞，只觉全身再也没有一丝力气，连头都无法抬起。

全身都在发抖。

楚留香用丝巾替她包扎着伤口，忽又问道："你姐姐是不是上了薛斌的当？"

石绣云似乎已连一丝抗拒的力量都没有了，无论楚留香问她什么，她都会毫不迟疑地回答。

她说得虽然含混不清，但楚留香也已明白她姐姐在痴恋着一个人，那人却是个薄情人。她姐姐为相思所苦，缠绵入骨，竟至一病不起。她看到她姐姐死前的痛苦，所以才决心杀死这负心的人！

楚留香叹道："你说得不错，他骗得她这么惨，倒真不如一刀杀了她反倒仁慈些，可是……你是怎么知道这男人就是薛斌？"

石绣云恨恨道："我当然知道。"

楚留香道："是你姐姐告诉你的？"

石绣云又流泪道："她……她对他实在太好了，直到临死时还不肯说出他的名字，但用不着她说，我也知道。"

楚留香道："为什么？"

石绣云道："因为我姐姐病重的时候，薛斌总是借故来探望消息，看他那种鬼头鬼脑的样子，我就知道他没有安什么好心。"

她咬着牙道："我知道他是希望我姐姐快些死，他才好放心跟施茵成亲。"

楚留香沉吟着，喃喃道："不错，他若和这件事全无关系，又怎会对你姐姐那么关心？"

石绣云道："所以我姐姐一死，我就决心杀了他。"

楚留香叹了口气，道："所以你就到那里去找他。"

石绣云道："我知道他时常都到那小屋子里去，所以就在那里等着，等了两天，果然被我等到了，可是……"

她黯然接着道："可是我也知道我绝没有杀死他的力量，所以……所以我就……"

楚留香摸了摸鼻子，道："所以你就想到了那法子。"

石绣云垂下头，颤声道："我除了用那种法子之外，根本就没有别的法子接近他。"

美丽的胴体的确是女人最好的武器。

楚留香又叹了口气，苦笑道："你不觉这法子太冒险了些？"

石绣云头垂得更低，流泪道：“我早已准备杀了他之后，自己也一死了之。”

楚留香沉默了半晌，忽又问道：“你姐姐是在哪天死的？”

石绣云道：“九月二十七，就是立冬前一天的晚上，也就是大前天晚上。”

楚留香道：“那么，她现在还没有下葬？”

石绣云道：“第二天就已经下葬了。”

楚留香皱眉道：“为什么要如此匆忙？”

石绣云道：“我二叔坚持要快些将她下葬，他老人家说人死了之后，最好‘入土为安’”。

楚留香道：“你二叔？”

石绣云道：“我父母都已去世了，什么事都由二叔做主。”

楚留香又沉默了半晌，道：“我想……我想到你姐姐的墓上去瞧瞧。”

秋风肃杀，已吹寒了白杨下的一抔黄土。

单薄的石碑上很简单地刻着“石凤云之墓”。

一个披麻戴孝的少年，正跪在墓前，哀哀地悲哭着。

楚留香和石绣云远远就看到了这少年。

石绣云讶然道：“这人是谁？为什么来哭我姐姐的墓？”

楚留香也觉得很奇怪，道：“你不知道他是谁？”

石绣云道：“除了二叔外，我们连一个亲人都没有……”

那少年似乎已被他们的脚步声所惊动，突然跳了起来，用双手掩着脸，飞也似的跑走了。

他身法居然很快，看来轻功的根基很不错。

但没有人能在楚留香面前跑掉。

楚留香身形一闪，已挡在他面前。

这少年从未见过身法这么快的人，简直是快如鬼魅，一惊之下，脸色都黄了，嗄声道："求求你，让我走吧，我并没有做什么。"

楚留香道："你既然没有做什么事，为何要逃呢？"

这少年道："我……我……"

突然出手一拳，向楚留香胸膛击出。

这一拳居然也很快，看来他武功的根基也很不错。

但除了撒娇的女孩子外，又有谁的拳头能打得上楚留香的胸膛？

楚留香又一闪，一伸手就刁住了他的腕脉。

这时石绣云也已赶了过来。这少年真恨不得将自己的头藏到裤裆里去，但石绣云还是看到了他，失声道："是你？"

楚留香道："你认得他？"

石绣云道："他是薛斌的书童，小时候也常跟薛斌到我家去的。"

她瞪着那少年，道："倚剑，我问你，你慌里慌张、鬼鬼祟祟地究竟在干什么？"

倚剑似乎刚流过泪，此刻却在流着冷汗，勉强赔笑道："我……我没有呀。"

石绣云道："我姐姐死了，为什么要你来披麻戴孝？"

倚剑道："我……我……"

他似乎忽然灵机一动，立刻大声道："石老师一向对我很好，石姑娘去世，我自然要尽尽心。"

石绣云道："那么我父亲去世的时候，你为何没有披麻戴孝呢？"

倚剑怔住了，满头大汗如雨而落。

石绣云忽然一把揪住了他的头发，嗄声道："你……你难道敢对我姐姐……"

她话未说完，倚剑已跪了下去，以首顿地，嘶声道："我该死，求姑娘饶我，我该死……”

石绣云瞪着他，身子又颤抖起来，忽然狂吼道：“我杀了你……我杀了你……”

但楚留香已握住了她的手，柔声道：“无论如何，他这么做总是出于诚心。我若死了，若有人肯为我披麻戴孝，我也就死得很安心了。”

石绣云道：“可是他……他怎么能对我姐姐……我姐姐怎么会对他……”

她又急，又怒，连话都说不清了。

楚留香叹道：“你莫忘了，他也是人。”

石绣云忽然放声哭了起来，跺着脚道：“我错了，我弄错了，我不该去找薛斌，我怎么能在他面前那么丢人？我以后还有什么脸见人？”

楚留香轻轻搂住了她。他的手臂是那么温柔，那么坚强，无论多么悲伤，多么紊乱的心，在这里都可以获得平静。

倚剑仍然跪在地上，流着泪。

楚留香叹道：“她死了你如此伤心，她活时，你为何不对她好些？”

倚剑流泪道：“我不敢。”

楚留香道：“不敢？为什么不敢？”

倚剑道：“我是个低三下四的人，我配不上她。”

楚留香道：“所以你宁可眼看着她为你而死？”

倚剑痛哭失声道：“我不知道她会这样，我也不知道她对我这么好。”

楚留香道：“无论怎么样，她病重的时候，你总该去看看她的。”

倚剑道：“是她叫我莫要去找她的。”

楚留香摇了摇头，叹道：“女孩子若要你莫去找她，她的意思也许就是要你去找她。你若连这道理都不明白，怎么能做男人？”

倚剑怔了怔，吃吃道：“但她说……她永远也不要再见我。”

楚留香叹道：“那是因为她觉得你太没有勇气，所以才故意这么说的。你若真的爱她，就该鼓起勇气向她求亲。”

倚剑道：“她若真有这意思，为什么不说出来？”

楚留香苦笑道：“她若肯说出来，就不是女子了。”

倚剑怔了半晌，忽然将头撞在地上，痛哭着道：“凤云，我该死，我是个混蛋，是个呆子……可是你为什么要这样做，你不但害苦了我，也害了你自己。”

楚留香叹了口气，喃喃道：“其实你也用不着难受，在自己喜欢的女人面前，每个男人都会变成呆子的。”

看着一个大男人在自己面前号啕大哭，实在不是一件愉快的事。等倚剑哭声停下来的时候，楚留香就立刻道：“我想请你做件事，不知道你肯不肯答应？”

倚剑抽泣着道：“你是个好人，无论你要我做什么，我都答应。”

楚留香道：“请你转达薛公子，就说我大后天晚上在那小屋等他，希望他来跟我见见面。”

倚剑道：“可是……我家公子怎知道你是谁呢？”

楚留香道：“我叫楚留香。”

倚剑就像是忽然吞下个热鸡蛋，整个人都僵住了，连气都透不过来。

他睁大了眼睛，张大了嘴，过了半晌，才长长吐出口气，吃吃道：“你老人家就是……楚香帅？”

楚留香笑了笑，道：“我就是楚留香，但并不老。”

倚剑用袖子擦了擦鼻涕，喃喃地说道：“早知你老人家就是楚留香，方才就算杀了我，我也不敢出手了。”

石绣云这时睁大了眼睛，痴痴地望着楚留香。等倚剑走了，才轻轻叹息一声，道：“原来你这么有名……”

楚留香苦笑道：“有名并不是件好事。”

石绣云垂下了头，望着自己的脚，望着脚上的那块丝巾，也不知在想什么，竟想得出了神。

楚留香道：“我也想求你一件事，不知你肯不肯答应？”

石绣云轻轻道：“你说吧，无论什么事，我都肯答应你。”

她似乎发觉自己这句话说得有些语病，面靥又飞红了起来，在渐已西斜的阳光下，看来就像一朵海棠。

楚留香心里也不禁泛起了一阵涟漪，柔声道：“那么你赶快回家好好睡一觉，将这所有的一切都暂时忘记。”

石绣云道：“你呢？”

楚留香道：“我还要去办些事，等到……”

石绣云忽然打断了他的话，大声道：“其实你用不着赶我走，我也不会缠住你的，我至少还没有你想象中那么……不要脸……”

她虽然在勉强控制自己，语声还是不免有些哽咽，刚擦干了的眼泪又扑簌簌地流了下来，话没有说完，就扭头飞奔了出去，可是还没有奔出几步，脚下一个踉跄，又跌倒在地。

楚留香苦笑道：“你为什么要说这种话？你可知道，就算你不缠住我，我也要缠你的。”

石绣云流着泪说道：“你也用不着来骗我，像你这样的名人，自然不会愿意和我这样的女孩子来往，你……你走吧。”

楚留香俯下身，轻抚她的柔发，道：“谁说我不愿和你来往，我一直想约你今天晚上在这里见面，可惜你不等我说完话，就跟我发脾气。”

石绣云怔了怔，眼泪不再流了，头却垂得更低，幽幽道：“现在我既然已跟你发了脾气，你自然不愿再和我见面了。”

楚留香笑道：“你以为我和你一样，也会发孩子脾气？”

石绣云嘟起了嘴，道：“谁说我是孩子？你看我还像孩子吗？”

任何人都可以看出她不再是孩子了，就算是孩子也可以感觉得出。她自己也很明白这一点，故意深深吸了口气，似乎想证实自己的话，又似乎在向楚留香示威，那丰满的胸脯几乎已胀破了衣服。

楚留香摸了摸鼻子，笑道：“你自然也是个大人了，你以后就该像大人一样，莫要乱发脾气，也莫要再胡思乱想……”

他目光自她的胸脯望下，落在她巧纤的足踝上，包在她纤足上的丝巾，又渗出了一丝丝血。

楚留香忍不住又道：“你的脚若还在疼，我……我抱你回去好不好？”

石绣云道：“你若抱我回家，以后只怕就要别人抱你了。”

楚留香道：“为什么？”

石绣云扑哧一笑，道：“我二叔若看到你抱我回家，不打断你的腿才怪。”

她娇笑着自楚留香身旁跑开，忽又回眸笑道：“莫忘了，今天晚上……”

这次她跑得很快，也没有摔跤。

她的脚似已不疼了。

楚留香望着她纤细的腰肢，飞扬的黑发，忍不住将自己的鼻子重重地捏了一下，苦笑着喃喃道：“楚留香呀楚留香，看来你的病已愈来愈重了。”

他自己很明白自己的毛病，那就是一遇见美丽的女孩子，他的心就软了，随便怎么样也板不起脸来说话。

也不知为什么，也许是因为他的运气太好，也许是因为他运气太坏，他时常总是会遇见一些美丽的女孩子。

最要命的是，这些女孩子也都很喜欢他。

楚留香算准薛红红和薛斌都已走了，于是他又回到那小屋，小屋果然空无人迹，倒翻了的椅子也没有扶起来。

他就像遗落了什么东西似的，在屋子里搜索了很久，表情看来很失望，显然什么也没有找着。

屋子里有个很大的铁火炉，现在还是秋天，这火炉自然已有很久都没有用过了，但炉子上却连一点灰尘都没有。

楚留香眼睛一亮，打开了炉门，就发现炉子里藏有个小铁箱，铁箱里装的竟都是女子梳妆用的花粉。

这小屋本是个很男性的地方，只有这铁箱却显然是女子之物，里面每样东西都很精致，有个小小的菱花镜，两柄檀香木的梳子，几盒胭脂花粉也都是很上等的质量。这些东西的主人想必是个很讲究修饰的女子，身份也一定不低，否则就用不起这么贵的东西。

花金弓和薛红红都可能常到这地方来，她们若在这里和别人幽会，当然用得着这些东西。

一个和别人幽会过的女子，自然很需要梳梳头发，抹抹胭脂，将自己重新打扮打扮，才好回去见自己的丈夫。

但这铁箱子却绝不是花金弓的，也不是薛红红的。因为她们身上的香气很浓郁，这些花粉的香气却很清雅。

那么，是谁将这铁箱子藏在这里的呢?

楚留香用手蘸了些花粉，抹在鼻子上，仔细嗅了很久，嘴角渐渐露出了一丝满意的微笑……

门是开着的。

就在这时，突然有个人自门外掠了进来。

他穿着紧身的黑衣，以黑巾蒙面，身法快如疾风，轻如飞絮，掌中一柄长剑，更疾如闪电。

长剑闪电般刺向楚留香的背心。

这一剑之快，纵然是迎面刺来的，世上只怕也很少有人能闪避得开，何况是自背后暗袭。

楚留香只觉背心一寒，剑风刺耳，再想闪避，已来不及了。

剑尖已刺入他的背脊。

第六章

# 死里逃生

一阵尖锐的痛苦，直透入楚留香心底。

他身上每一条肌肉，全都生出了一种剧烈的反应，身子也立刻飞掠而起，凌空一个翻身，反手将两盒花粉撒了出去。

黑衣人一剑得手，第二剑又待刺出，突见一片浅红色的粉雾自楚留香手里撒了出来，鼻子里也嗅到了一阵淡淡的香气。

他大惊之下，立刻闭起眼睛，掌中剑化为一片光幕，护住了全身，倒退八尺，退到门口。

等他再睁开眼睛，只见楚留香还是枪一般笔直地站在那里，静静地望着他，嘴角居然也还带着微笑。

但剑尖上却已有鲜血在滴落。

黑衣人也笑了，咯咯笑道："楚留香应变之快，果然是天下无双，只可惜还是没有避开我那一剑。"

楚留香淡淡一笑，道："我本在奇怪，是谁的剑如此快，想不到原来是你。"

黑衣人道："你岂非正在找我？"

楚留香道："不错，我一直都在找你，却未想到你真的在这里。"

黑衣人道："你既然在这里，我自然也在这里。"

楚留香道："难道你是跟着我来的？"

黑衣人道："正是。"

这人自然就是那刺客组织的首领。

他鹰隼般的目光瞪着楚留香，冷笑道："你一直在找我，我也一直在找你，你想要我的命，我也想要你的命，我们两人之间，反正只有一个人能活下去。"

楚留香微笑道："你认为谁能活下去呢？"

黑衣人的目光又落在剑尖的血滴上，悠然道："到了此刻，你难道还想活下去？"

楚留香忽然又笑了，淡淡道："阁下剑法之快，纵然天下无双，只可惜……"

黑衣人厉声道："你既然未能避开我一剑，我第二剑就必能要你的命！"

楚留香微笑道："不错，我既已受伤，自然就无法再避开你的快剑，可是你这第二剑是否能刺得出来呢？"

黑衣人冷笑道："我杀人从来不会手软的。"

楚留香道："有句话江湖中很多人都知道，你难道未曾听人说起？"

黑衣人道："什么话？"

楚留香曼声长吟道："盗帅销魂香，悄悄断人肠……"

黑衣人的瞳孔骤然收缩了起来，失声道："销魂香？"

楚留香道："不错，你方才既已中我的销魂香，若还不求我救你，一个时辰内便要毒发无救了。"

黑衣人瞪了他半晌，忽然仰面大笑起来，道："楚留香，你休想要我上你的当，那只不过是盒女人用的香粉而已。"

楚留香叹了口气，喃喃道："女人用的香粉？这里怎会有女人用的香粉？我难道会将女人用的香粉一天到晚藏在身上？……"

他愈说愈好笑，又忍不住笑了起来。

黑衣人厉声道：“你若活在世上，我食不知味，寝不安枕，无论如何我也要先杀了你再说。”

楚留香厉声道：“请。”

黑衣人道：“就算那真是销魂香，你身上就必有解药，我先要你的命，再搜你的解药。”

楚留香微笑道：“好主意。”

黑衣人紧握着剑，牙齿咬得咯咯作响，嘴里虽然说得凶，其实手已不免有些软了，这第二剑再也刺不出去。

楚留香背负着双手，笑道：“阁下为何还不出手？早些杀了我，解药岂非也就能早些到手了吗？”

黑衣人道：“解……解药难道不在你身上？”

楚留香道：“我说的话你反正不信，又何必还要问我？”

黑衣人咬了咬牙，道：“我就算肯放了你，又怎知你会给我解药？”

楚留香道：“你的确没把握。”

黑衣人的目光反而突然冷静了下来，凝注着楚留香的脸。

过了半晌，他才缓缓道：“我不杀你，你给我解药？”

楚留香道：“这交易我们两人反正谁也不会吃亏。”

黑衣人道：“解药在哪里？”

楚留香道：“你等我走出门后，就开始从‘一’数起，数到‘一千’时再出去。”

黑衣人道：“然后呢？”

楚留香道：“我会将解毒的法子写在你出门后第一眼看到的树下，但你千万要记着，一定要数到‘一千’时才能出去，否则这交易就算砸了。”

黑衣人沉默了半晌，缓缓道：“据说楚留香从不食言，却不知是真是假？”

楚留香笑了笑，道：“无论是真是假，你很快就会知道了。”

他从黑衣人身旁走过去，黑衣人只要一伸手，就可刺穿他的咽喉，但他甚至连瞧都没有瞧这黑衣人一眼。

赌注现在已经押上了，他知道黑衣人已非赌下去不可。

黑衣人眼睛盯着他，全身每一条肌肉都已绷紧，只见楚留香施施然出了门，轻轻将门掩起。

他从未见过一个人走在生死边缘上还能如此轻松的。

他自己掌心早已沁出了冷汗。

“一、二、三……”

从“一”数到“一千”并不是件很困难的事，若是数得快，用不了盏茶时候就可以数完。

但黑衣人却觉得好像永远也数不完似的。

他本也是个赌徒，只不过这次赌得未免太大了，也未免太冒险，若有一丝选择的余地，他就绝不会将赌注押下去。

“九百九十二，九百九十三……”

黑衣人“砰”地撞开门，一跃而出，两个起落后便已掠到第一眼看到的树下，地上果然有用树枝画出的字迹。

只有四个字。

“你未中毒。”

歪歪斜斜的字迹，像是正在对他嘲笑。黑衣人呆住了，呆了半晌，忍不住在这四个字上重重吐了口口水，又狠狠踩了几脚，喃喃道：“直娘贼，妈那巴子……”

他几乎将各省各地，只要他知道的骂人的话全都骂了出来：“这姓楚的王八蛋原来又在使诈。”

原来他方才只要一伸手就可将楚留香置之于死地！

他实在想不通楚留香在那种时候怎么还能一点也不紧张，楚留香那时只要淌出一滴汗，他的剑只怕早已出手！

“楚留香，楚留香，你也用不着得意，今日你虽然又逃脱了一次，但我杀你的机会还是多得很！”

他忽然想起楚留香既已受了重伤，必定逃不远的，就算已逃出一千步，他还是很快就能追上。

地上果然有一滴干涸了的血迹。黑衣人俯下身子，像猎狗般在地上搜索着，终于找到了一行足迹。

他就像狼一般追出去。以楚留香受伤之重，的确是逃不远的，他的确很快就能追上。只可惜楚留香根本没有逃，他就躲在这株树上，黑衣人骂他的每句话他都听得清清楚楚。他生平挨的骂只怕还没有今天一天多。

楚留香望着黑衣人去远，只觉眼前渐渐发花，身子说不出的虚弱，竟自树上直跌下来。

现在黑衣人若是赶回来，他根本全无抵抗之力，无论如何，他也是血肉之躯，被人在背上刺了一剑总不是玩的。

楚留香虽看不到背上的伤势，却知道这一剑刺得很深，说不定已经刺到骨头，流的血自然也不少。

以他现在的体力，绝对无法走回掷杯山庄。

他倚着树干，喘了半天气，正想找个地方先躲一躲，突听一阵“沙沙”的脚步声穿林而来。

楚留香几乎连呼吸都停顿了。

黑衣人若是去而复返，他只有死路一条。

只听一人道：“这种地方怎会有好户头，看来我又上了你这小贼的当了。”

另一人道：“我骗你干什么，我每次只要一来，他们一出手至少就是五钱银子。”

第一人道：“五钱银子给臭要饭的，那人难道阔疯了吗？”

第二人笑道：“这你就不懂了，男人在女人面前，总会装得大方些的……我说的可不是夫妻，是情人，在老婆面前就不会大方了。”

第一人也笑了，道：“你说的这一男一女两位财神爷在哪里？”

第二人道：“就在前面的小屋里，依我看，他们八成是在那里幽会。”

这两人从说话的声音听来俱是童子的口音。

楚留香暗中松了口气，回头望去，只见两个十三四岁的叫花子笑嘻嘻地从这边走，两人穿得虽然破破烂烂，神情却是高高兴兴，左面的是个小麻子，大大的眼睛，满脸都是调皮捣蛋的样子。

右面的一个是个小秃子，看来比小麻子还要调皮十倍。两人身法都很轻灵，武功的根基显然不弱。

楚留香这一生中简直没有看到过比这两个小叫花子更令他愉快的人了，他从未想到叫花子居然如此可爱。

那小秃子和小麻子也瞧见了他，两人一齐停下脚步，四只大眼睛瞪着他，滴溜溜地乱转。

楚留香向他们笑了笑，道：“两位小兄弟脚下功夫不错，不知可是丐帮门下？”

小秃子眼珠子一转，道：“我为何要告诉你？”

楚留香笑道：“你们能带我去见此地的龙头大哥吗？”

小麻子眼珠也转了转，道：“我为何要带你去？”

楚留香道：“我叫楚留香，我想他一定愿意见我的。”

小麻子道：“楚留香是什么……”

他话未说完，脸上已挨了小秃子一个耳光，大叫道："你为何打我？"

小秃子扮了个鬼脸道："你若连楚香帅都不知道，就算挨十个耳光都嫌太少了。"

小麻子捂着脸，眼睛忽然亮了道："楚香帅？你说的是那位'盗帅夜留香，威名震八方'的楚香帅？"

小秃子道："除了这位楚香帅，哪里还有第二位楚香帅？"

小麻子"啪"地又给了自己一个耳光，道："我的妈呀……"

锅里炖着狗肉，香得要命。世上纵有不咬叫花子的狗，也很少有不吃狗肉的叫花子。这正如喝酒的时候可以不吃狗肉，吃狗肉的时候却绝不能不喝酒。叫花子、狗肉、酒，好像永远分不开的。

破庙里有十来个叫花子，衣衫虽破烂，神情却绝不猥琐，一望而知必定都是丐帮弟子。

这些人背后大多背着两三只麻袋，其中只有一个黝黑短小的少年乞丐，身后的麻袋有六只，腰上还插着个黑铁筒，也不知是做什么用的。楚留香后来才知道他叫"小火神"，正是此间的龙头老大。

此刻数十双眼睛都在望着楚留香，目光中充满了敬畏仰慕之色，也有几分亲切之意，因为大家都知道楚香帅是丐帮的朋友。

这也是每个丐帮弟子都引以为荣的事。

小火神正赔着笑道："弟子们早已久仰香帅的大名了，可是做梦也未想到今日居然能真的有幸见到香帅的大驾，这实在是天大的喜事。"

楚留香伤口已包扎好了，此刻正倚在神案前啜啖着比人参汤还滋补的狗肉汤，微笑着道："你们现在欢喜，以后只怕连讨厌都来不及了。"

他又啜了口狗肉汤，笑道："因为你们请我吃肉，我却是来找你们麻烦的。”

小火神怔了怔，道：“难道兄弟有什么地方得罪了香帅？”

楚留香笑道：“你们怎会得罪我，只不过，我有几件麻烦事想求你们而已。”

小火神松了口气，展颜道：“香帅对丐帮恩重如山，莫说要我们效劳做事，就是要我们跳河，我们也照跳不误。”

丐帮门下多的是血性男子，楚留香知道若是对这些人讲客套话，就显得自己是伪君子，当下正色道：“第一件事，我要你们去打听一个人，这人本来的名字叫叶盛兰，据说是在京城混的，但我想这几天他必定已到了这里。我希望你们能打听出他落脚在什么地方，究竟是干什么的，是不是有人和他同住。”

小火神听楚留香说，第一件事情要他去打听叶盛兰的近况，不由笑道：“香帅请放心，打听消息正是我们的拿手本事，只要世上有叶盛兰这个人，我们就能刨出他的根来。”

楚留香道：“第二件事，我要你派几位兄弟去盯住薛家庄的二公子薛斌，和施家庄里的一个老奶妈叫梁妈的，无论他们到哪里去，都要盯住。”

小火神道：“这也办得到。”

楚留香道：“第三件事，我希望你能想个法子将‘丁家双剑’的丁老二骗回家去，这两天他也到这里来了，就住在掷杯山庄。”

小火神想了想，道：“这件事也包在我们身上，一定替香帅办好。”

楚留香长长吐出口气，道：“第四件事可就困难些了。”

小火神笑道：“只要是香帅交代下来的，再困难我们也办得到。”

楚留香道：“好，今天晚上，我要你们陪我去挖坟。”

小火神这才真的怔住了，香帅的主意难道已打到死人身上去了吗？小火神眼睛发直，简直有些哭笑不得。

小秃子道：“老大若不敢去，我去。”

楚留香笑了，道：“你真敢去？”

小秃子道：“若是别人叫我去挖人家的坟，我不打他十七八个耳光才怪，但香帅要我去挖坟，我就去挖坟。”

楚留香道：“为什么？”

小秃子眨了眨眼睛，道：“因为我知道香帅绝不会要我们去做坏事的。”

小麻子立刻道：“不错，我也去。”

小火神叹了口气，苦笑道：“看来这两个小鬼比我还懂事，比我还知道好歹。香帅，你要我们什么时候去挖坟，我们就什么时候去。”

楚留香道：“今夜三更。”

他拉起了两个孩子的手，笑道：“你们都是我的好朋友，但有时我也会带你们去做坏事的。过两年等你们长大了些，我一定来找你们去痛痛快快地喝几杯，还要找两个小美人儿来替你们斟酒。”

他大笑着接道：“这些也并不是什么好事，但总比挖坟有趣些。”

楚香帅居然拿他们当朋友，居然要请他们喝酒，小秃子和小麻子几乎开心得快要发疯了。

楚留香忽然又道：“你们今天本来是想到那小屋去的吗？”

小麻子道：“小秃子说那小屋里有两个很大方的人，他第一次遇见他们，他们就给了一两多银子，第二次又是七八钱。”

小秃子笑道：“但是我却不是故意去敲竹杠的，第一次我是到那里去捉蝴蝶，遇见他们从那小屋里出来，他们硬要给我银子，我也只好收下了。”

小麻子道：“第二次呢？难道也不是故意的吗？”

小秃子瞪了他一眼，才笑道：“以后我只不过时常都去逛逛罢了，从来也没有去敲过他们的门，也不是每次都能遇见他们的。”

小麻子撇了撇嘴，道：“还说什么有福同享，有难同当，自己去了十七八次才叫我去。”

小秃子笑道：“我是怕你生得太丑，把人家吓跑了。”

小麻子叫了起来，道：“我丑？你很美吗？秃不秃，癞葫芦。”

楚留香也笑了，但眼睛却发着光，又问道：“那两人是一男一女？”

小秃子道：“嗯，两人都很年轻，穿得也都很漂亮，一看就知道是有钱人家的小姐和少爷，但对人却很和气。”

楚留香道：“他们长的是何模样？”

小秃子想了想，道：“两人长得都没有什么特别的地方，都不难看，尤其那位姑娘，一笑就有两个酒窝，美极了。”

楚留香道：“下次你若再看到他们，还认不认得？”

小秃子道：“当然认得，我小秃子可不是忘恩负义的人，无论谁对我有好处，我一辈子都忘不了。”

楚留香拍了拍他肩头，笑道：“好，好极了……”

# 第七章

## 人约黄昏后

天还没有黑，石绣云就已在等着了。

她既不知道楚留香为何要约她在这里相见，更想不到自己会在亲姐姐的坟墓前和一个陌生的男人有约会。

但她却还是来了，还没有吃晚饭，她的心就已飞到了这里，刚提起筷子，就恨不得一口将饭扒光。

然后她就站在门口等天黑下来，左等天也不黑，右等天也不黑，她常听人说到了秋天就会黑得早些。

幸好这地方很荒僻，终日也瞧不见人影，所以她一个人站在这里痴痴地等，无论等多久都不怕被人瞧见。

望着自己姐姐的坟，她心里本该发酸、发苦才是，但现在只要一想起楚留香，她心里就觉得甜甜的，把别的事全都忘了。

脚还有些疼，她已将楚留香替她包扎的那块丝巾悄悄藏在怀里，悄悄换了双新绣花鞋。

姐姐刚死了没几天，她就穿上新的绣花鞋了，她自己也觉得自己很不对，却又实在忍不住不穿。

她将这双新绣花鞋脱下来好几次，最后还是穿了出来，她觉得楚留香一双眼睛总是在看着她的脚。

她觉得自己一穿上这双新鞋子，脚就显得特别好看。

天愈来愈黑，风愈来愈大。

她却觉得身子在发热，热得要命。

“他为什么还不来？会不会不来了？”

她咬着嘴唇，望着刚升起的新月。

“月亮升到树这么高的时候，他若还不来，我绝不再等。”

可是月亮早已爬过了树梢，她还是在等。

她一面痴痴地等，一面悄悄地恨。

“他就算来了，我也绝不睬他。”

可是一瞧见楚留香的身影，她就什么都忘了，忘得干干净净。

她飞也似的迎了上去。

楚留香终于来了，还带来许多人。

石绣云则跑出两步，又停下脚。

楚留香正在对着她微笑，笑得那么温柔。

“可是你为什么要带这么多人来呢？”石绣云咬了咬牙，扭头就走。

她希望楚留香追了上来，却偏偏听不到脚步声，她忍不住放缓了脚步，想回头去瞧，却又怕被人家笑。她又是生气，又是伤心，又有些着急，有些后悔，正不知该如何是好。突听身旁有人在笑，楚留香不知何时已追上来了，正带着笑瞧着她，笑得那么可爱，又那么可恨，像是已看透了她的心事。

石绣云的脸红了。楚留香没有追来的时候，她想停下来，楚留香追上来，她的脚步就又加快了，低着头从楚留香面前冲了过去。

但楚留香却拉住了她，柔声道：“你要到哪里去？”

石绣云咬着嘴唇，跺着脚道：“放手，让我走，你既然不愿见我，为何又来拉着我？”

楚留香道：“谁说我不愿见你？”

石绣云道：“那么就算我不愿见你好了，让我走吧。”

楚留香道：“你既然不愿见我，为什么要在这里等我？”

石绣云的脸更红，眼圈儿也红了，跺着脚道：“不错，我是想见你，你明知我一定会在这里等你，所以就带这么多人来瞧，瞧你多有本事，到处都有女孩子等你。”

楚留香笑了，道：“其实我也不想带他们来的，但有件事却非要他们帮忙不可。”

石绣云忍不住问道：“什么事？”

楚留香道：“我要他们将这座坟墓挖开来瞧瞧。”

石绣云叫了起来，道：“你……你疯了！为什么要挖我姐姐的坟？”

楚留香道：“这不是你姐姐的坟，若是我猜得不错，这一定是座空坟。”

石绣云嗄声道：“谁说的？我明明看到他们将棺材埋下去……”

楚留香道：“他们虽然将棺材埋了下去，但棺材里绝不会有人。”

他轻轻抚着石绣云的手，柔声道：“我绝不会骗你，否则我就不会约你到这里来了。只要你肯等一等，就会知道我说的话不假。”

棺材里果然没有人，只装着几块砖头。

冷夜荒坟，秋风瑟瑟，冷清清的星光照着一座挖开的新坟，一口薄薄的棺材，棺材里却只有几块砖头……

死人到哪里去了？难道她已复活？

石绣云全身都在发抖，终于忍不住嘶声大喊起来。

“我姐姐到哪里去了？我姐姐怎会变成了砖头？”

凄厉的呼声带起了回音，宛如鬼哭，又宛如鬼笑，四下荒坟中的冤鬼似乎一齐融入了黑暗中，在向她嘲弄。

就连久走江湖的丐帮弟子心里都不禁泛起了一阵寒意。

楚留香轻轻搂住了石绣云的肩头，道："你有没有看到他们将你姐姐的尸身放入棺材？"

石绣云道："我看到的，我亲眼看到的。"

楚留香道："钉棺材的时候呢？"

石绣云想了想，道："盖棺材的时候我不在……我本来也不愿离开的，可是二婶怕我悲哀过度，一定要我回房去。"

楚留香道："是你二叔钉的棺材？"

石绣云道："嗯。"

楚留香道："现在他的人呢？"

石绣云道："我姐姐落葬后第二天，二叔就到省城去了。"

楚留香道："去干什么？"

石绣云道："去替薛家庄采办年货。"

采办年货自然是件很肥的差使。

楚留香眼睛亮了，道："薛家庄的年货是不是每年都由他采购？"

石绣云道："往年都不是。"

楚留香嘴角露出一丝难测的笑容，喃喃道："往年都不是，今年这差使却忽然落到他头上了……有趣有趣，这件事的确有趣得很。"

他忽又问道："这差使是不是薛二公子派给他的？"

石绣云道："不错，就因为如此，所以我才更认为姐姐是被他害死的，他为了赎罪，所以才将差使派给我二叔。"

楚留香叹了口气，道："他只怕不是为了赎罪，而是……"

石绣云道："是什么？"

楚留香叹道："这件事复杂得很，现在我们就算对你说了，你也不会明白。"

石绣云流泪道：“我也不想明白，我只要知道我姐姐的尸身到哪里去了？”

楚留香沉吟了半晌，道：“若是我猜得不错，不出三天，我就可以将她的尸身带回给你。”

石绣云道：“你……你知道她的尸身在哪里？”

楚留香道：“到目前为止，我还只不过是猜测而已，并不能确定。”

石绣云道：“她尸身难道是被人盗走的？”

楚留香道：“嗯。”

石绣云道：“是谁盗走了她的尸身，为的是什么？她又没有什么珠宝陪葬之物，那人将她的尸身盗走又有什么用？”

楚留香柔声道：“现在你最好什么都不要多问。我答应你，三天之内，我一定将所有的事都对你说清楚。”

楚留香回到掷杯山庄的时候，天已快亮了。

左轻侯虽然早已睡下，但一听到楚留香回来，立刻就披着衣裳赶到他房里，一见就拉着他的手，道：“兄弟，整天都见不到你的人影，可真快把我急死，你究竟跑到哪里去了？可探出什么消息？”

楚留香笑了笑，先不回答他这句话，却反问道：“丁二侠呢？”

左轻侯道：“丁老二本来一直在逼着我，简直逼得我要发疯，但今天晚上，也不知为什么，他又忽然跑了，连话都没有说，看情形好像家里出了什么事似的。”

他叹了口气，苦笑道：“兄弟，不是我幸灾乐祸，但我真希望他们家里出些事，莫要再到这里来逼。”

楚留香道：“姑娘呢？”

左轻侯道：“她倒真听你的话，整天都将自己关在屋里，没有出来。”

楚留香道：“她本来就是个乖孩子。”

左轻侯道：“可是……可是这究竟是怎么回事呢？我究竟该怎么办？丁家那边也不能老是这样拖下去。”

他紧紧拉着楚留香的手，道：“兄弟，你可千万要替我想个法子。”

楚留香道：“法子总有的，但二哥现在却不能着急，也许不出三天，什么都可以解决了……”

三天，三天……这三天内难道会有什么奇迹出现不成?

左轻侯还待再问，楚留香却居然已睡着了。

楚留香一醒，就听说有两个人在外面等着他。

一个丐帮的弟子，左二爷已请他在客厅里喝茶，还有一个人却不肯说出自己的来意，而且一直等在大门外，不肯进来。

回话的人叫左升，是左二爷的亲信，自然也是个很精明干练的人。他想了想，才赔着笑道：“这人长得倒也很平常，但形迹却很可疑，而且不说实话。”

楚留香道：“哦？”

左升道：“他说是自远道赶来的，但小人看他身上却很干净，一点也没有风尘之色，骑来的那匹马也不像是走过远路的。”

楚留香道：“你看他像不像练家子？”

左升道：“他走路很轻快，动作也很敏捷，看来虽有几分功夫，但绝不像是江湖人，小人敢担保他这辈子绝没有走出松江府百里外。”

楚留香笑了笑道：“难怪二爷总是说你能干，就凭你这双眼睛，江湖中已很少有人能赶得上你。”

左升赶紧躬身道：“这还不都是二爷和香帅你老人家的教诲。”

楚留香道：“二爷呢？”

“二爷吃了张老先生两帖宁神药，到午时才歇下，现在还没醒。”

楚留香道：“大姑娘呢？”

左升道：“姑娘看来气色倒很好，而且也吃得下东西了，就是不让人到她屋里去，整天关着房门在屋子里……”

他叹了口气，压低了声音，道：“香帅总该知道，姑娘以前不是这个样子，从来不愿在屋子里，这件事……这件事的确有点邪门。”

楚留香沉吟着，道：“烦你去禀报姑娘，就说我明天一定有好消息告诉她，叫她莫要着急。”

左升道：“你老人家现在是不是要先到客厅去见见那位丐帮的小兄弟？”

楚留香道：“好。”

小秃子显然已经等得不耐烦了，正在那里东张西望，看到楚留香立刻就迎上前来请安，然后就笑道：“香帅昨天吩咐我们办的事，今天已经有些眉目了。”

楚留香笑道：“你们办事倒真快。”

小秃子道：“昨天香帅一交代下来，大哥立刻就叫全城的弟兄四下打听，最近有没有说北方话的陌生人在城里落脚，今天上午，就有了消息。”

楚留香微微笑着，等他说下去。

小秃子道：“最近到松江府来的北方人一共十一个，其中六个人是从张家口来的皮货商，年纪已有四五十了，当然不会是香帅要找的人。”

楚留香道：“嗯。”

小秃子道："还有四个人是京城来的镖师，有两位年纪很轻，但我们已去盘过他的底，四个人中没有一个姓叶的。"

楚留香笑道："还有两个人呢？"

小秃子道："那两人是一对夫妻，两人年纪都很轻，也都很好看，据说是京城什么大官的公子，带着新婚的媳妇到江南来游赏，顺便也来尝尝松江府的鲈鱼，但就连那客栈的店小二都知道他们在说谎。"

楚留香道："哦？何以见得？"

小秃子道："因为他们说是来游山玩水的，却整天躲在屋子里不敢出来，更从来也没有吃过一条鲈鱼。两人穿的衣服虽然很华贵，但气派却很小，出手也不大方，一点也不像有钱的阔少爷。"

他笑了笑，悄声道："听那店小二哥说，有一天他无意中瞧见这位大少爷居然替他老婆洗脚，他老婆嫌水太热，一脚将整盆的洗脚水全都踢在这位大少爷身上，这大少爷却连屁也不敢放一个。"

楚留香眼睛亮了，道："他姓叶？"

小秃子道："他在柜台上说的名字是李明生，但名字可以改的。"

"不错，名字可以用假的……这两人住在哪家客栈？"

小秃子道："就在东城门口那家福盛老店。"

楚留香道："好，你先到那里去等我，我随后就来。"

河畔的柳树下系着一匹白马，一个青衣人正站在树下，眼睛盯着掷杯山庄的大门。

楚留香并不认得他，他却认得楚留香。

楚留香问他："有何贵干？"

这青衣人只道："主人有很要紧的事要见香帅一面。"

楚留香问他："你家主人是谁？"

这青衣人赔笑道："是香帅的故交，香帅一见面就知道了，现在他正在前面相候，特命小人来这里相请。”

楚留香问他：“你家主人为何不来？又为何不让你说出他的姓名？”

这青衣人却什么话都不肯说了，只是弯着腰，赔着笑，但显然是假笑，不怀好意的假笑。

楚留香也笑了，凝视着他，悠然道：“你什么都不肯说，怎知我会跟你去呢？”

青衣人赔笑道：“香帅若是不去，岂非就永远不知道我家主人是谁了，那么香帅多少总会觉得有些遗憾吧？”

楚留香大笑道：“好，你家主人倒真是算准了我的短处，我若不去见一面，只怕真的要连觉都睡不着了。”

青衣人笑道：“我家主人早说过，天下绝没有楚香帅不敢见的人，也绝没有楚香帅不敢去的地方。”

他一面说话，一面已解开了系在树上的马鞍，用衣袖拍净了鞍上的尘土，躬身赔笑道：“香帅请。”

楚留香道：“我骑马，你呢？”

青衣人笑道：“已经用不着我了，这匹马自然会带香帅去的。”

这青衣人的确摸透了楚留香的脾气，愈危险、愈诡秘的事，楚留香往往会觉得愈有趣。

有时他纵然明知前面是陷阱，也会忍不住往下跳的。

楚留香骑着马越过小桥，还隐隐可以听到那青衣人笑声隐隐传来，笑声中带着三分谄媚，却带着七分恶意。

他的主人究竟是谁，莫非就是那刺客组织的首领？

楚留香觉得兴奋，就像是小时候和小孩捉迷藏的心情一样，充满了新奇的紧张和刺激。

马走得很平静，也很快，显然是久经训练的良驹。

楚留香并没有挽缰，他居然随随便便地就将自己的命运托给这匹马了，而且居然一点也不着急。

楚留香索性闭上了眼睛。

他睁开眼睛时会看到什么呢？

约他的人也许并不是那神秘的刺客，也许并不是他的仇敌，而是他的朋友，他有很多朋友都喜欢开玩笑。

何况，还有许多女孩子，许多美丽的女孩子……

他忽然想起一个姓蔡的女孩子，大大的眼睛，细细的腰，还有两个很深的酒窝，有一次在衣柜里躲了大半天，连饭都没有吃，饿得几乎连腿都软了，就为了要等他回来，吓他一跳。

楚留香忍不住笑了。

他只希望自己张开眼睛时，会看到她们其中一个。

其实他也并不是个很喜欢做梦的人，只不过遇着的事愈危险，他就愈喜欢去想一些有趣的事。

他不喜欢紧张、忧虑、害怕……

他知道这些事对任何人都没有好处。

马奔行了很久很久，骤然停了下来。

蹄声骤顿，只剩下微风在耳畔轻轻吹动，天地间仿佛很安静——他还是没有睁开眼睛。

然后，他就听到一阵很轻的脚步声。

一个人正向他走过来。

这人走在落叶上，脚步声虽仍是十分轻微，除了楚留香之外，世上只怕很少有人能听得到。

这人还远在十步外，楚留香就觉得有一股可怕的剑气迫人眉睫，但是他反而笑了，微笑道：“原来是你，我实在没有想到会是你。”

站在楚留香面前的，赫然竟是薛衣人。

秋风卷起了满地黄叶，薛衣人正标枪般肃立在飞舞的黄叶中，穿着身雪白的衣裳，白得耀眼。

他身后背柄乌鞘长剑，背剑的方式，任何人都想得到他如此背剑，只为了能在最短的时间里将剑拔出来。

现在，剑还未出鞘，剑气却已出鞘。

他的眼睛里就有股可怕的剑气，只因他的剑就是他的人，他的人和他的剑已融为一体。

他静静地望着楚留香，冷冷道："你早就该想到是我的。"

楚留香道："不错，我早该想到你的，连左升都已看出你那位使者并非远道而来，薛家庄的人到了左家，自然不肯说出自己的身份。"

薛衣人道："决战在即，我不愿再和左家的人生事。"

楚留香道："但他在我面前为何还不肯说出来意呢？"

薛衣人道："只因他怕你不敢来。"

楚留香道："不敢来？我为何不敢来？有朋友约我，我无论如何都会赶来的。"

薛衣人瞪着他，一字字道："你不敢来，只因为你已不是我的朋友！"

楚留香摸了摸鼻子，笑道："我昨天还是你的朋友，怎的今天就不是了？"

薛衣人道："我本来确想交你这个朋友，所以才带你入剑室，谁知你……"

他面上忽然泛起一阵青气，一字字道："谁知你根本不配做朋友！"

"你……你难道认为我偷了你的剑？"

薛衣人冷笑道："只因我带你去过一次，所以你才轻车熟路，否则你怎能得手？"

楚留香几乎将鼻子都摸红了，苦笑道："如此说来，你的剑真的被窃了？"

薛衣人没有回答这句话，却垂下头看着自己身上的白衫，缓缓道："这件衣服，还是我二十年前做的，我直到今天才穿上它，因为直到今天我才遇见一个该杀的人，值得我杀的人！"

楚留香叹了口气，道："第一天我到你家，过两天你的剑就被人偷了，这也难怪你要疑心是我偷的，可是你若杀了我，就永远不会知道谁是那真正偷剑的贼人了。"

薛衣人道："不是你是谁？难道我还会故意陷害你？我若要杀你，根本就用不着编造任何理由。"

楚留香道："你自然不必陷害我，但有人想陷害我，他偷了你的剑，就为了要你杀我，你难道从未听说过'借刀杀人'之计？"

薛衣人道："谁会以此来陷害你？"

楚留香苦笑道："老实说，想陷害我的人可真不少，昨天还挨了别人一冷剑……"

薛衣人皱眉道："你受了伤？"

楚留香叹了口气，道："受伤并不是什么光彩的事，我为何要说谎？"

薛衣人道："是谁伤了你？"

楚留香道："就是我要找的刺客。"

薛衣人锐利的目光在他身上一扫，道："伤在何处？"

楚留香道："背后。"

薛衣人冷笑道："有人在你背后出手，堂堂的楚香帅竟会不知道？"

楚留香摸了摸鼻子道："当我发觉时，已躲不开了。"

薛衣人道："阁下若是时常被人暗算，能活到现在倒真不容易。"

楚留香笑了笑，道："在下被人暗算的次数虽不少，但负伤倒是生平第一遭。"

薛衣人道："他的剑很快？"

楚留香叹道："快极了，在下生平还未遇到这么快的剑。"

薛衣人沉吟了半晌，道："听说你和石观音、'水母'阴姬、帅一帆这些人都交过手！"

楚留香说道："不错，石观音出手诡秘，帅一帆剑气已入门，'水母'阴姬内力之深厚更是骇人听闻，但论出手之快，却还是都比不上此人。"

薛衣人脸上似已泛起了一种兴奋的红光，喃喃道："这人竟有如此快的剑，我倒也想会会他。"

楚留香又笑了笑，笑容有些神秘，缓缓道："他既已到了这里，庄主迟早总会见着他的。"

薛衣人道："你难道想说盗剑的人就是他？是他想借我的手杀你？"

楚留香道："这自然很有可能。"

薛衣人厉声道："但他又怎知你到过我的剑室，怎知我的剑藏在哪里？"

楚留香道："这也是我想不通的地方，但要给我几天时间，我可以保证一定能将真相探查出来！"

薛衣人沉默了很久，冷冷道："你受了伤，实在是你的运气……"

他忽然掠上马背，疾驰而去。

楚留香默然半晌，喃喃道："李明生若当真就是叶盛兰，那才真是我的运气。"

福盛老店是个很旧式的客栈，屋子已很陈旧，李明生“夫妇”就住在最后面的一个小跨院里。

楚留香发现他们住的屋子不但关着，连窗子也是紧紧关着的，虽然是白天，他们倒却像是还躲在房里睡大觉。

这两人究竟有什么见不得人的地方？

楚留香问道：“他们没有出去？”

小秃子道：“没有出去，从昨天晚上起，这里一直都有人守着的。”

楚留香目光一转，忽然大声道：“李兄怎会到这里来了，就住在这里吗？”

他一面说着话，一面已走过去，用力拍门，唤道：“开门！”

房子里立刻“窸窸窣窣”响起一阵穿衣服的声音，过了很久，才听到一个人懒洋洋地道：“是谁？你找错门了吧？”

楚留香道：“是我，张老三，李兄难道连老朋友的声音都听不出了吗？”

又过了半晌，那扇门才“呀”地开了一线，一个面色苍白、头发凌乱的少年人探出半个身子来，上上下下瞧了楚留香一眼，皱眉道：“你是谁？我不认得你！”

那少年面色变了变，身子立刻缩了回去，但他还没有将门关上，楚留香的腿已插了进去，轻轻一推，门就被推开了。

那少年被推得踉跄后退了好几步，怒道：“你这人有毛病啊，想干什么？”

楚留香微笑道：“我想干什么，你难道还不明白？”

屋里还有个套间，门没有关好，楚留香一眼扫过，已发现床上躺着个人，用棉被蒙着头，却露出一只眼睛偷偷地瞧，床下摆着双红绣鞋，旁边的椅子上还堆着几件粉红缎子的衣裙。

那少年面上更连一点血色都没有了，抢着想去将这扇门拉上，但是楚留香身子一闪，已挡住了他的去路，笑道："我既已找着了你们，再瞒我又有何用？"

那少年颤声道："你……你可是曹家派来的？"

楚留香皱了皱眉，道："曹家？"

那少年突然"扑通"跪了下去，哭丧着脸道："小人该死，只求大爷你放我们一条生路……"

床上那女子忽然跳了起来，长得果然很年轻，很妖娆，却很泼辣，身上只穿着件很薄的亵衣，几乎完全是透明的，连大腿都露了出来，但她却完全不管，冲到楚留香面前，两手叉着腰，大声道："你既然是曹家派来的，那就更好了。你不妨回去告诉曹老头，就说我已跟定了小谢，再也不会回去受他那种活罪。我虽然带了他一匣首饰出来，但那也是他给我的，再说我一个黄花闺女跟了他好几年，拿他几文臭钱又有什么不应该，你说……你说……有什么不应该？"

她说话就像爆蚕豆似的，别人简直插不上嘴。

楚留香怔住了，实在有些哭笑不得。

他现在已知道自己找错了人，这少年并不是叶盛兰，而是"小谢"，这少女更不是他想象中的那人。

看来她只不过是"曹家"的逃妾，看上了小谢，就卷带了细软，和小谢双双私奔到这里来。

他们知道曹老头不肯就此罢休，自然躲着不敢见人。

楚留香摸了摸鼻子，喃喃道："清官难断家务事，但你们若真的想好好过日子，就该想法找些正当事做，怎么能整天关起门来睡觉。"

小谢脸红了，顿首道："是，是，是，小人一定听大爷的吩咐，从此好好做人。"

楚留香已走出了门，却还不肯放心，忽又回头来问道："你们既是京城来的，可知道一个叫叶盛兰的吗？"

小谢道："叶盛兰？大爷说的可是大栅栏'富贵班'里那唱花旦的小叶？"

楚留香的心已跳了起来，却还是不动声色，道："不错，我说的就是他！"

小谢道："我前两天还看到过他。"

楚留香赶紧问道："在哪里？"

小谢道："他好像就住在前面那条'青衣巷'，是第几家门小人却没看清，因为他好像有点鬼鬼祟祟的，连人都不敢见。"

他只顾说别人，却忘了自己，等他说完话，再抬起头来，面前的人忽然不见了。

楚留香又是兴奋，又是好笑。

他猜得果然不错，叶盛兰果然就躲在这松江城里，但他却未想到叶盛兰是个唱戏的。

青衣巷是条很长的巷子，最少有一百户人家，叶盛兰究竟住在哪一家里？小秃子拍着胸脯，说是用不着两个时辰，他就能打听出来。

这时天已快黑了。

楚留香找了家馆子，结结实实地大吃了一顿，就去找石绣云。他告诉自己这是为了正事，而非为了私情。

他自己是否真心说的这句话呢？那就只有天知道了。

石绣云的家，是一栋很小的屋子，显然最近才粉刷一新，连那两扇木板门也是新油漆的。

石绣云正在院子里赶鸡回笼。

她穿件粗布衣服，头发也没有梳好，赤着足穿着双木屐，正是

“屐上足如霜，不着鸦头袜”，虽然蓬头粗服，看来却别有一种风情。

楚留香在竹篱外，悄悄地欣赏了半天，才轻轻唤道：“石姑娘，石绣云。”

石绣云一惊，抬头，瞧见了他，脸忽然飞红了起来，话也不说，扭头就走，飞也似的跑了回去。

楚留香只有等。

等了半天，石绣云才出来，头已梳好了，衣服也换过了，又穿起了那双水红色的新绣鞋。

楚留香笑了，轻声道：“你这双鞋子好漂亮。”

石绣云脸忽然又飞红了起来，咬着嘴唇，跺着脚道：“你要来，为什么也不先说一声？”

楚留香道：“我本来想明天来的，可是今天晚上我又非来不可。”

石绣云垂着头，弄着衣角，道：“为什么？”

楚留香道：“你二婶呢？”

石绣云偷偷看了他一眼，道：“她起得早，现在已睡了。”

楚留香道：“你能出来吗？”

石绣云道：“这么晚了，叫我出去干什么？”

她呼吸似已有些急促，但声音已有些发抖，楚留香只觉心里一阵荡漾，忍不住自竹篱间握住她的手。

她的手好烫。

石绣云着急道：“快放手，被我二婶看到，小心她打断你的腿。”

楚留香笑嘻嘻道：“我不怕，她反正已经睡了。”

石绣云道：“你……你……你……你不是好人，我偏不出去，看你怎么样！”

楚留香道：“你不出来，我就不走。”

石绣云眼睛瞟着他，轻轻叹了口气，道：“你真是我命里的魔星，我……”

突听屋子里有人唤道：“绣云，你在跟谁说话？”

石绣云紧张道：“没有人，只不过是条野狗。”

她又瞟了楚留香一眼，自己也忍不住扑哧一笑，在他手上重重拧了一把，恨恨道：“我一看到你，就知道要倒霉了。”

她一扭腰跑了出来，楚留香望着她飞扬的发丝，心里只觉甜丝丝的，就仿佛又回到遥远的少年时，他和邻家的小女孩偷偷约会晚上去湖畔捉鱼，鱼儿虽始终没有捉到，却捉回了无数的甜笑。

石绣云已走出了门，不肯过来。

楚留香忍不住过去抱住了她，轻轻咬了她一口。

石绣云娇嗔道：“你……你干什么？”

楚留香笑道：“你刚刚不是说我是条野狗吗，野狗本就会咬人的。”

石绣云咬着嘴唇道：“你不但是条野狗，简直是条小疯狗。”

楚留香忽然“汪”的一声，张开了大嘴。

石绣云娇笑转身逃了出去，楚留香就在后面追。

天上星光闪烁，天地间充满了温柔，田里金黄的稻子在晚风中起伏着，仿佛海浪。

谁说生命是杯苦酒？

石绣云似已笑得没有力气了，跑着跑着，忽然倒在谷仓旁的草堆上，不停地喘息着，轻轻唤道：“救命呀！有疯狗要来咬人了。”

楚留香“汪”的一声，扑了过去，抱住了她，笑道：“你叫吧！没有人会来救你的，我要先咬掉你的鼻子，再咬掉你的耳朵，再咬破你的嘴……”

石绣云嘤咛一声，想去推他，怎奈全身已发软，哪有半分力气，只有将头埋入他怀里，求饶道：“饶了我吧！下次我再也不敢……”

她这句话没有说完，因为她的嘴唇已被咬住。

在这一刹那间，她全身都崩溃了，只觉一个人在往下沉落，坚实的大地似已变成了温柔的湖水。

她的人正在往湖心沉落……

星光仿佛正在向他们眨着眼，晚风似在轻笑，连田里的稻子都低下了头，不好意思再看了。

生命原来是如此美好。

也不知过了多久，楚留香忽然站了起来，柔声道：“时候已不早了，我们走吧！”

石绣云软软地躺在草堆上，星眸如丝，道：“还要到哪里去？”

楚留香道：“我要带你去看样东西，你看到之后，一定会很惊奇的。”

## 第八章

# 成人之美

石绣云伏在楚留香背上，就好像腾云驾雾一样。一重重屋脊，一棵棵树木，迎面向她飞来，又自她脚底飞过去。

她第一次领略到这种新奇的刺激，她觉得只要和楚留香在一起，随时随地都可能有新奇的事发生。

这时他们已到了个很大的庭园中，他们悄悄穿过许多小竹林，来到个小院，院中竹叶萧萧，屋里一灯如豆。

屋子里没有人，只有口棺材，烛台上的烛泪已干，仅剩下一灯荧荧，素幔黄棺，更显得说不出的凄凉萧索。

神案上有个灵牌，上面写的名字是“施茵”。

石绣云颤声道：“这里难道是施家庄？”

楚留香道：“嗯。”

石绣云道：“你……你带我到这里来干什么？”

楚留香没有说话，却推开门，拉着她走了进去。

石绣云只觉全身都在发冷，道：“你这人真奇怪，带我到这里来干什么？”

楚留香笑了笑，他笑得很神秘，道：“带你来看看这位施姑娘。”

石绣云激灵灵打了个寒噤，嗄声道：“我不要看，我……我们快走吧！”

楚留香非但不放她走，反而将她拉到棺材旁。

石绣云几乎忍不住要骇极大叫起来，但已怕得连声音都发不出了，她再也想不出楚留香为何要这样对她。

楚留香竟已将棺材掀开。

他全神贯注在棺材里，竟未发觉窗外正有个人屏住了呼吸，在偷偷地盯住他，目中充满了恨意。

楚留香忽然将手伸入了棺材，去摸死人的脸。

石绣云牙齿咯咯地打战，人已几乎倒了下去。

她这才发现楚留香真的疯了，疯得可怕。

楚留香似乎在死人脸上揭下了一层皮，忽然回头道："你来看看，认不认得她？"

石绣云拼命地摇头，道："不……不……"

楚留香柔声道："你只要看一眼，就知道我为什么要你到这里来了。"

石绣云只有去看一眼。

这一眼看过，她也好像忽然疯了似的，张开嘴大叫起来。

棺材里的死人竟是她姐姐！

楚留香不等她呼声发出，已掩住了她的嘴。轻轻扶着她的背，等她的惊慌平静下来，再柔声道："轻声说话，莫要惊动别人，知道吗？"

石绣云点了点头，等楚留香的手放开，她目中已不禁流下泪来，颤声泣道："我姐姐的尸身怎会到这里来了？"

楚留香眼睛里发着光，缓缓道："只因为要有一个人的尸体来顶替施茵，你姐姐又恰巧病在垂危，所以他就选上了你姐姐。"

石绣云道："这……这人难道是和我二叔串通好了的？"

楚留香叹了口气，道："财帛动人心，这也怪不了你二叔。"

石绣云张大了嘴，连气都几乎憋住了。她再也想不到世上竟有这种不可思议的事。

过了半晌，她忍不住问道："棺材里既然是我姐姐，那么施茵到哪里去了？"

楚留香一字字道："若是我猜得不错，你很快就可看到她了！"

等楚留香他们走出去，躲在窗外的人立刻也转身飞奔，星光照着她头上的白发，这人赫然竟是梁妈。

难道她早已知道棺材中的尸体并非她的茵儿？那么她又为何还要故作悲伤？这和善的老妇人难道也有什么诡秘的图谋不成？

楚留香忙拉着石绣云向外跑，只望能快些离开这地方。

但就在这时，突然一个人道："大叔，你骗我，大人怎么能骗小孩子？"

这句话没说完，已有个人拦住了他的去路。

只见这人红红的脸，头上都已白发苍苍，身上穿着件大红绣花的童衣，这不是那位薛宝宝是谁？

楚留香暗中叹了口气，推开石绣云，悄悄道："转角那边有道门，你快走，回家去等我。"

石绣云早已吓呆了，连跑都跑不动。

薛宝宝根本没有留意到她，只是瞪着楚留香道："你骗我，天上的星不是两万八千四百三十七个。"

楚留香见到石绣云已走远，才笑了笑，道："不是吗？只怕我数错了。"

薛宝宝道："大人不可以骗小孩子，你却骗了我，我、我……"

他的嘴一撇，忽然坐到地上放声大哭起来。

这一着倒出了楚留香意料之外，只有赔笑道："我今天晚上替你数清楚，明天再告诉你好不好？”

薛宝宝道：“不行，你今天晚上就要陪我数，除非你肯让我摸摸你鼻子，否则我绝不放你走。”

楚留香怔了怔，道：“你为什么要摸我的鼻子？”

薛宝宝道：“因为你的鼻子很好玩。”

楚留香失笑道：“我的鼻子很好玩？有什么好玩的？”

薛宝宝道：“你的鼻子若不好玩，你为什么老是去摸它？”

他跳着脚，耍赖道：“我也要摸你的鼻子，我也要摸……快给我摸……你要是不给我摸，我就要你赔星星。”

被人摸鼻子虽然不大愉快，但总比数星星好多了。

楚留香实在不愿和这白痴再纠缠下去，苦笑道：“我让你摸鼻子，你就不再缠着我？”

薛宝宝立刻破涕为笑，道：“我只要摸一下，就让你走。”

楚留香叹了口气，道：“好，你摸吧！”

薛宝宝雀跃三丈，缓缓伸出手，去摸楚留香的鼻子。

他脸上一直笑嘻嘻的，动作本来很慢，但突然间，他的手如闪电般向楚留香鼻洼旁的“迎香穴”一捏——

楚留香只觉身子一麻，人已被他举了起来。

只听他咯咯笑道：“你弄坏了我的星星，我要砸扁你的头！”

他竟将楚留香的身子抡了起来，往假山上摔了过去。楚留香眼看就要被砸得稀烂。

石绣云奔到角门时，已喘不过气来了。门虽然没有上锁，却是用铁闩闩着的。

石绣云喘息着去拉铁闩，怎奈铁闩已被锈住，她愈着急，愈拉不开，愈拉不开，就愈着急。

她简直快急疯了，又不知楚留香会不会赶来。

就在这时，突听一人咯咯笑道："你既已来了，就在这里玩几天吧！何必急着走呢？"

石绣云吓得魂都没有了，连头都不敢回，拔脚就跑。可是她才跑了两步，就有只又瘦又干、鬼爪般的手伸了过来，一把扼住了她雪白的脖子。她连惊呼都没发出，就晕了过去。

楚留香做梦也没有想到自己竟会死在个"白痴"手上。薛宝宝一松手，他身子就向假山飞了过去，这时他虽已能动弹，但若想改变身形，却是无论如何也来不及的了。

他只有用手捂着头，希望能勉强挡一挡，可是他自己也知道这一撞就算不死，至少也去了半条命。

那"疯子"仍然不会放过他的。只听"轰"的一声，宛如天崩地裂，石头一片片飞了起来，他的头皮没有被撞破，假山反而被撞开了一个大洞。他的头难道比石头还硬？

薛宝宝本来在拍手大笑着，忽然也怔住了，大叫道："不得了，不得了，这人的脑袋是铁做的。"

他一面大叫，一面已转身飞奔了出去。楚留香只觉全身发疼，脑袋发晕，也弄不清这是怎么回事。他仿佛听到假山有人惊呼，但眼睛发花，也看不清里面是否有人。

只听一人惊呼道："这不是楚留香吗……"

声音又尖又响，一听就知道是花金弓。楚留香挣扎着，揉了揉眼睛，才看清自己竟已跌在一张床上，床旁边有个人用手掩住胸膛，正是花金弓。另外还有个男人已缩成一团，簌簌地发抖。

这假山原来是空的，外面看来虽然很坚实，其实却薄得很，而且并不是石头，只是用水泥砌成了假山的模样，上面再铺些青草。这原来是花金弓和男人幽会的地方。

楚留香忍不住笑了，他觉得自己运气实在不错。只见那男人已一溜烟逃了出去。

楚留香也站了起来，抱拳笑道：“对不起！对不起，下次我若再往石头上撞时，一定先敲敲门。”

花金弓却一把拉住了他，似笑非笑地瞟着他，道：“你现在就想走，你难道不是来找我的？”

楚留香实在不敢去瞧她那副尊容，更不敢去瞧她赤裸的身子，他实在受不了，眼睛也不知该往哪里瞧才好，只有苦笑道：“我虽然是来找你的……”

话还未说完，花金弓早已扑了过来，哧哧笑道：“小兄弟，我早就知道你迟早总忍不住会来找我的，我早就知道你不是好东西，看在你这双要人命的眼睛分儿上，姐姐我就答应了你这一次吧！”

她身上汗津津的，又黏又湿，虽然到处都擦满了香油和花粉，却还是掩不住那一股狐狸臭。

楚留香生平第一次觉得鼻子不灵也有好处，赶紧伸手去推，一不小心，却推在一团软绵绵的东西上。

花金弓咯咯笑道：“你这双手可真不老实……”

楚留香连动都不敢动了，苦着脸道：“我本来虽是来找你，可是我现在不想走也不行了。”

花金弓道：“为什么？”

楚留香道：“你难道没有看到我是被薛宝宝抛进来的？现在他已经知道我在这里，这地方又有了个大洞，若是被别人瞧见，被施举人瞧见……”

花金弓道：“我才不怕。”

楚留香道：“可是薛宝宝若又回来捣蛋呢？那岂非大煞风景，你总该知道，他那种人是什么事都做得出的。”

花金弓手这才松了，恨恨道：“这疯子，白痴……我饶他才怪。”

楚留香这才松了口气，却又问道：“他真是白痴？白痴真会有那么好的功夫？”

花金弓道：“他从小就受哥哥的气，他哥哥总是骂他没出息，别人都说他是练武练疯了的，我看他简直是被气疯了的。”

楚留香沉默了很久，才叹息道：“哥哥若是有名，做弟弟的人总是吃亏些的。”

花金弓忽又拉住了他的手，楚留香吓得几乎连冷汗都冒出来了，幸好花金弓并没有什么动作，只是用眼睛瞟着他，道：“你还来不来？”

楚留香轻咳了两声，道：“当然要来。”

花金弓道：“什么时候？”

楚留香道：“明……明后天，我一定……一定……”

他忽然跳了起来，道：“又有人来了，我得赶紧走……”

话未说完，他已钻了出去，逃得真快。幸好他走得快，否则麻烦又大了。

他一走，就瞧见几十个人飞跑了过来，有的拿灯笼，有的提刀，走在前面的是个又高又大的胖老头，身上只穿着套短裤褂，手里也提着柄单刀，气得一张脸都红了，怒冲冲地挥着刀道：“谁打死那采花贼，黄金百两，千万莫让他逃走！”

楚留香虽被他当作采花贼，似也并不怪他。

因为这人的确很可怜，不但娶错了老婆，也娶错了儿媳妇，家里有了这样两个女子，居然还未被气死已很不容易了。但他却怎会知道这里有个“采花贼”呢？难道是那“白痴”去告诉他的？楚留香愈来愈觉得那“白痴”危险，也愈来愈觉得他有意思了……

楚留香虽已来过松江府很多次，但路还是不熟，白绕了个圈子，才总算找到那条“青衣巷”。

只见小秃子正蹲在一根系马石旁啃烧饼，一双大眼睛在黑暗中滴溜溜乱转，楚留香一眼就瞧见了他。

但他却等到楚留香已来到他身旁，才瞧见楚留香，他吓了一跳，连手里的半个烧饼都吓飞了。

楚留香一伸手就将小秃子吓飞掉的烧饼接住，含笑还给了他，道：“今天你一定连饭都没空吃，后天我一定好好请你大吃一顿，你想吃什么？”

小秃子望着他，满脸都是倾慕之色，道：“我什么都不想吃，只想学会大叔你一身本事，就心满意足了。”

楚留香拍了拍他肩头，笑道：“本事要学，饭也要吃，无论本事多大的人，也都要吃饭。”

他目光一转，又问道：“你找着了没有？”

小秃子拍了拍胸脯，道：“当然找着了，就是那个前面挂着盏小灯笼的门。”

他将烧饼吞下去后，话才说得清楚了些，接着又道：“这条巷子里只他们一家是刚搬来的，而且只有小夫妻两个，连丫头都没有，太太好像是本地人，男的说话却是北方口音。”

楚留香道：“他们在不在家？”

小秃子道：“听说这夫妻两人也是整天都关在家里的，连菜都不出去买，更不和别人打交道，可是刚才却有个人在找他们。”

楚留香道：“哦？是什么样的人？”

小秃子道：“是个老太婆，连头发都白了，但精神很好，只不过看来很慌张，一路不停地向后面望，像是生怕后面有鬼似的。”

楚留香眼睛亮了，道：“老太婆……她是什么时候来的？”

小秃子道："她来的时候我正开始吃烧饼，到现在八个烧饼还没有吃完。"

他抹了抹嘴，自言自语地道："我吃起烧饼来就好像吃蚕豆一样，快得很。"

楚留香道："她还在里面？"

小秃子道："还没有出来。"

他这句话刚说完，楚留香已飞身掠入了那间屋子。

小秃子吐了吐舌头，喃喃道："我若非早就看清他是个人，只怕真要以为他是只鸟……"

这是间很普通的屋子，小小的院子里种着两株桂树，秋已深了，桂花开得正盛，散发着一阵阵清香。

屋子里还亮着灯光，门窗却是关着的。

窗上有个女人的影子，梳着很老派的发髻，正坐在桌旁，低着头，像是在写字，又像是在绣花。

到了这时，楚留香也顾不得是否无礼了，用力推开了门，屋里的人原来正在吃稀饭，一惊之下，碗也跌碎了。这人青衣布裙，白发苍苍，竟是梁妈。

楚留香笑了，道："果然是你。"

梁妈拍着心口，喘着气道："吓死我了，我还以为是强盗哩，想不到原来是公子，公子你今天怎么会有空到这里来？"

楚留香道："我正要问你，你是怎么会到这里来的？"

他眼睛一扫，就瞧见桌上是三副碗筷。

梁妈赔笑道："我本来是没空的，可是有好几天没有见到他们，就忍不住想来看看。"

楚留香目光灼灼，盯着她道："他们是……"

梁妈道："我女儿，还有我女婿……"

楚留香冷笑道："真的，我也想见见他们。"

梁妈居然没有拒绝，立刻就喊道："大牛，小珠，快出来，有客人来了。"

屋子里果然有一男一女两个人走出来，两人都是满脸的不高兴，嘴里还喃喃地叽咕着："三更半夜的，连觉都不让人睡吗？"

楚留香怔住了。这两人虽然年纪都很轻，但女的又高又胖，就像是头牛，男的也是憨头憨脑，哪里像是个唱花旦的，倒像是个唱黑头的。

梁妈笑道："这位公子想见见你们，只怕是知道你们家穷，想来救济你们的，还不赶快过来磕头。"

那两口子果然"扑通"跪了下去，居然还伸出了手来。

楚留香哭笑不得，只有往怀里掏银子，嘴里含含糊糊地说着话，却连他自己都不知道在说什么。

好容易找了个机会，他才算脱了身，三脚两步就冲出了门。梁妈将门缓缓掩上，一回到屋里就咯咯地笑了起来，道："这下子楚留香总算栽了个大跟斗。"

那女的一面数银子，一面笑道："一两一钱的银锭子，一共有十二个，想不到这位强盗元帅也有偷鸡不着，倒蚀把米的时候。"

梁妈却已爬上桌子，敲了敲屋顶，道："少爷小姐下来吧，人已走了。"

过了半晌，屋顶上的木板就忽然被掀起，两个人一先一后跳了下来。女的很漂亮，也很秀气，一看就知道是位养尊处优的小姐；男的却更漂亮，更秀气，简直比女人还要像女人。

他笑得也很温柔，一跳下来就笑道："今天可真多谢梁妈了，咱们真不知该怎么样谢你老人家。"

他一口京片子又甜又脆，就好像黄莺儿唱歌一样。

梁妈笑得连眼睛都瞧不见了，道：“只要少爷以后好好对我们家小姐，我老婆子就比什么都受用了。”

这少年温柔地瞧了身旁的少妇一眼，柔声道：“你老人家就算叫我对她坏些，我也是没法子做到。”

少妇红着脸，笑嗔道：“你看他这张嘴有多甜。”

那憨头憨脑的傻小子忽也笑道：“少爷的嘴若不甜，只怕小姐也就不会非嫁他不可了。”

梁妈瞪了他一眼，自己也不禁笑了起来。

少年干咳了两声，道：“这一次难关虽然渡过，但这里却已非久留之地。”

少妇道：“不错，那位‘盗帅’楚留香果然非同小可，难怪江湖中人都说什么事也休想瞒得过他。”

忽听一人笑道：“多谢姑娘的夸奖，在下却有些不敢当……”

屋子里的人脸色全都变了。

梁妈哼声道：“什……什么人？”

其实她根本用不着问，她已知道来的人是谁，只见门又被推开，一个人笑嘻嘻站在门口，却不是楚留香是谁？那少年一跺脚，身子已凌空翻起，连环踢向楚留香胸膛，用的居然是正宗北派谭腿的功夫。

楚留香道：“南拳北腿，北派武人，腿上的功夫多不弱，但能将谭腿凌空连环踢出的却也不多。”

只因腿上功夫讲究的是下盘稳固，沉稳有余，轻灵不足，是以腿法中最难练的就是这种鸳鸯脚。

瞧这少年的功夫，显然已是北派武林中的健者。只可惜他遇见的是楚留香。

他两条腿方才踢出，就觉得膝上犊鼻穴一麻，身子已直落下去，竟未看清楚留香是如何出手的。

那少妇一个箭步，扑上去接住了他，颤声道："他……他伤了你吗？"

少年咬着牙，摇了摇头，厉声道："他既来了，就绝不能放他走。"

楚留香笑了笑，道："在下找两位已找了很久，两位就是要我走，我也不会走的。"

那少妇道："我们根本不认得你，你找我们干什么？"

楚留香笑道："两位虽不认得我，我却早已久仰两位的大名，尤其是这位叶相公，京城的王孙公子谁不知道叶盛兰相公文武全才，色艺双绝。"

他在"文武全才"下面，居然用上"色艺双绝"四字，而且还是用在个男人身上，当真是谑而又虐。

少年的脸立刻红了。

那少妇却冷笑道："不错，他是个唱花旦的，但唱花旦的也是人，何况，唱花旦至少总比做强盗好些。"

楚留香叹了口气，道："一个人若是情有独钟，的确谁也不能干涉。只不过，姑娘你好好的人不做，为何要做鬼呢？"

那少妇面色变了变，道："你说什么？我不懂！"

楚留香淡淡道："事已至此，施姑娘只怕不懂也不得不懂了。"

那少妇身子一震，不由自主后退了两步，变色道："施姑娘？谁是施姑娘？我不认识她。"

楚留香道："施姑娘就是施举人的女儿，姓施名茵，她爱上一位姓叶名盛兰的少年人，只可惜施举人夫妇却不懂女儿的心事，定要将她许配给薛家庄的二公子。这位施姑娘情根已深种，只有诈死逃婚，但人死了也得要有个尸体，所以她就用一位石凤云石姑娘的尸体来代替她。"

他微微一笑，悠然接着道："施姑娘，我说得已经够明白了吗？"

梁妈一直狠狠地瞪着他，此时忽然大声道："不错，你说得完全不错，她就是我的茵姑娘，你想怎么样？"

施茵紧紧握住叶盛兰的手，厉声道："你若想要我回去，除非先杀了我。"

叶盛兰道："你最好先杀了我。"

楚留香叹道："我早已说过，一个人的情感谁也不能勉强……"

施茵道："那么你为何要来管我们的闲事？"

梁妈道："她不到两岁时就跟着我，比我的亲生女儿还要亲，我绝不能让她嫁给一个她不喜欢的人，痛苦终生。无论谁要令她痛苦，我都决不饶他！"

她盯着楚留香，厉声道："所以我劝你最好莫要再管这件事，否则……"

楚留香打断了她的话，微笑着道："我并没有要她回去，更没有要拆散他们的意思，我要找到她，只不过为了要证明她没有死。"

梁妈道："你……你没有别的意思？"

楚留香笑道："除此之外，我只想讨他们一杯喜酒吃。"

梁妈怔了半晌，似乎有些愧疚，几次想说话，都没有说出口，也不知她究竟想说什么。

这时叶盛兰和施茵已双双拜倒，等他们抬起头来时，楚留香已不见了，只听他的声音远远传来，道："明夜三更，但望在此相候……"

说到最后一个字时，声音已到了小巷尽头。

梁妈这才叹出了一口气，喃喃道："早知楚香帅是如此通情达理的人，我就不必将那位石姑娘留下来做威胁他的人质了。"

叶盛兰眼珠子一转，笑道："既已错了，为何不将错就错？"

梁妈道："怎么样将错就错？"

叶盛兰笑道："你老人家不如索性将那位石姑娘请到这里来，等着楚香帅……他既然成全了我们，我们为何不也成全他？"

施茵却叹了口气，道："他成全了我们，但望他也能成全别人才好。"

## 第九章

# 惺惺相惜

楚留香现在只剩下一个问题。

施茵既然没有死，那么左明珠又怎能借她的魂而复活呢？

左明珠的死本是千真万确，一点也不假的。

张简斋一代名医，至少总该能分得出一个人的生死，他既已断定左明珠死了，她就万无复活之理。

这问题的确很难解释，但楚留香却居然一点也不着急，看来竟像是早已胸有成竹似的。

小秃子要请他喝豆腐脑，吃烧饼油条，他就去了。

“请客”本是件很愉快的事，能请人的客，总比被人请愉快得多。最妙的是，愈穷的人反而愈喜欢请客。

小秃子开心极了，简直恨不得将这小店的烧饼油条和豆腐脑全搬出来，不停地劝楚留香多吃一些。

这时天还没有亮，东方刚现出淡淡的鱼肚白。

楚留香喝到第二碗豆腐脑的时候，小火神和小麻子也找来了，两人的脸色都很焦急，像是很紧张。

小麻子还在不住东张西望，就像生怕有人跟踪似的。

小火神一坐下来，就压低声音道：“昨天晚上又出了两件大事。”

楚留香道：“哦！什么事？”

小火神道：“两件事都是在薛家庄里发生的……”

小麻子抢着道：“薛衣人藏的几口宝剑，竟会不见了。”

小火神道：“薛家庄里连烧饭的厨子都会几手剑法，护院的家丁更可说无一不是高手，这人竟能出入自如，而且还偷走了薛衣人的藏剑，不说别的，只说这份轻功，这份胆量，就已经非同小可。”

他嘴里说着话，眼睛骨碌碌在楚留香脸上打转。

楚留香笑了笑，道：“不错，有这种轻功的人实在不多，但这件事我早已知道了……”

小火神怔了怔，连呼吸都停住了。

小麻子道：“香……香帅你怎么会知道的？”

楚留香悠然道：“第一个知道宝剑失窃的人，自然是那偷剑的人了……”

他故意停住语声，只见小火神和小麻子两人脸色却已发了白，而且正偷偷使眼色，显然已认定了楚留香就是偷剑的人。

楚留香这才微笑着接道：“但我知道这件事，却是薛衣人自己告诉我的。”

小麻子松了口气，道：“这就难怪香帅比我们知道得还早了。”

楚留香道：“第二件事呢？”

小火神声音压得更低，道：“薛家庄昨天晚上居然来了刺客。”

楚留香也觉得有些意外，皱眉道：“刺客？要谋刺谁？”

小火神道：“薛衣人。”

楚留香缓缓抬起手，不知不觉又摸在鼻子上了。

小火神道：“薛衣人号称天下第一剑客，居然有人敢去刺杀他，这人的胆子，实在比老虎还大。”

他一面说话，一面不住用眼睛偷偷去瞟楚留香。

楚留香忍不住笑道：“你既然以为这人就是我，为什么不说出来呢？”

小火神脸红了，哧哧笑道：“听薛家庄的人说，他们四五十个人，非但没有捉住这刺客，而且连他的身材面貌都没看清楚，只闻到一阵淡淡的香气，所以我想……我想……”

楚留香微笑道：“你想什么？”

小火神讪讪地笑道：“除了楚香帅之外，我实在想不出第二个人有这么高的轻功，这么大的胆子。”

楚留香叹了口气，苦笑道：“莫说你想不出，连我都想不出来。”

小麻子道：“现在薛衣人已认定了这两件事都是香帅做的，所以从三更起，已派出好几批人分头来找香帅，又在掷杯山庄那边埋下了暗桩。”

小火神道：“城里城外总共只有这么大一点地方，香帅若不赶紧想个法子，只怕迟早会被他们发现的。”

小秃子忽然一拍桌子，大声道：“想法子？想什么法子？你难道要香帅躲起来，要香帅逃走吗？”

小火神脸一沉，叱道：“你少说话……香帅，薛衣人虽没有真的收过徒弟，但门下家丁却得过他的传授，剑法都不弱，薛家庄上上下下，加起来一共有七八十把剑，就连眼前盛极一时的黄山派都不敢和他们硬拼，香帅你又何苦跟他们斗这闲气？”

楚留香微笑道：“多谢你的好意，只可惜事已至此，我就算想跑，也跑不了的。”

突听一人冷笑道：“你总算还聪明，到了这时，你还能跑得了，那才是怪事。”

卖豆腐脑的地方是个在街角搭起的竹棚子，这句话说完，只听“哗”的一声，竹棚的顶突然被掀起。

十余个劲装急服的黑衣人同时跃了下来，每个人掌中都提着柄青钢剑，身手果然全都不弱。

小火神的脸色立刻变了，反手抄起张长板凳抛了出去，板凳虽不重，这一抛之力却不小。

谁知为首那黑衣人轻轻用剑尖一挑，就将这张板凳拨了回来，来势竟比去势更强，几乎就摔在小火神身上。

桌子上装豆腐脑的碗全都被摔得粉碎。

那黑衣人怒喝道："小火神，我们拿你当朋友，向你打听楚留香的消息，你不说也就罢了，谁知你竟吃里爬外，反而到姓楚的这里出卖我们。"

怒喝声中，已有两三柄剑向小火神刺出。

楚留香突然起身而来，这几人吃了一惊，不由自主退了两步，谁知楚留香只是拍了拍小秃子的肩膀，微笑道："豆腐脑真好，我走之前一定还要来吃一次。"

小秃子虽已吓得脸色发白，却还是笑道："好，下次还是我请。"

楚留香笑道："下次该轮到我了。"

小秃子道："不，不，不，我只请得起豆腐脑，你要请，就请我喝酒。"

他们一搭一档，竟似全未将这些黑衣剑手瞧在眼里。

为首那黑衣人怒喝一声，闪电般一剑刺出。

其余的人也立刻挥剑抢攻，这些人不但剑法快，出手的部位配合得也很巧妙，就以这出手一剑，别人已难招架。

只听"锵啷啷"一阵响，剑与剑相击，剑光包围中的楚留香不知用了个什么身法，竟忽然不见了。

黑衣人一惊，退后，回剑护身。

只听竹棚上传下一阵笑声，原来楚留香不知何时已掠上竹棚，正含笑瞧着他们，悠然道："你们还不是我的对手，还是带我去见薛大庄主吧。"

黑衣人纷纷呼喝着，又想扑上去，却被为首的人喝阻。这人一双眼睛倒也很有威仪，瞪着楚留香道："你敢去见我家庄主？"

楚留香笑道："为何不敢？难道他会吃人吗？"

天已亮了。

楚留香悠闲地走在前面，满脸容光焕发，神情也很愉快，看他的样子，谁也想不到他一夜没有睡觉，更想不到跟在他身后的那些人随时都可能在他背后刺个大窟窿。

跟在他身后的人已愈来愈多了，好几路的人都已会集在一处，大家都在窃窃私议，不明白这姓楚的胆子为何这么大，居然敢跟着他们回去，有些人甚至认为这人一定和他们二庄主一样，脑袋有些毛病。

小火神、小秃子和小麻子三个也在后面远远地跟着，看到楚留香悠闲之态，他们也猜不出他在打什么主意，手心却不禁捏着把冷汗。

薛家庄已无异龙潭虎穴，薛衣人的剑更比龙虎还可怕，楚留香此番一去，还能活着走出来吗？

小火神一面走，一面打手势，于是四面八方的叫花子也全都会集了过来，跟在他身后的人也愈来愈多了。

前面走着一个很英俊又潇洒的人，后面跟着一群凶神恶煞般的剑手，再后面还有一群叫花子。

这个行列当真是浩浩荡荡，好看极了，幸好此时天刚亮，路上的行人还不多，两旁的店铺也还没有开门。

他们到了薛家庄时，薛衣人并没有迎出来，却搬了把很舒服的椅子，坐在后园的树荫下闭目养神。

这位天下第一剑客，果然不愧为江湖中的大行家，"以逸待劳"

这四个字，谁也没有他知道得清楚。

有关楚留香的故事他已听得多了，江湖传说中，简直已将“楚香帅”说成一个神话般的人物。

这些传说他虽然不太相信，但“妙僧”无花、南宫灵、石观音，甚至“水母”阴姬都曾败在楚留香手下，这些事总不会假。无论楚留香用什么法子取胜，但胜就胜，也不是别的东西能代替的。

薛衣人对楚留香从来也没有存过丝毫轻视之心，此刻他心里甚至有些兴奋，有些紧张。

这种感觉他已多年未有了，所以他现在一定要沉得住气，直等楚留香已到了他面前，他才睁开眼来。

楚留香正瞧着他微笑。

薛衣人道：“你来了。”

楚留香道：“我来了。”

薛衣人道：“你的伤好了吗？”

楚留香道：“托福，好得多了。”

薛衣人道：“很好。”

他再也不多问一句话，不多说一句话，就站了起来，挥了挥手，旁边就有人捧来一柄剑。

剑很长，比江湖通用的似乎要长三四寸，剑已出鞘，并没有剑穗，他的剑既非为了装饰，也非为了好看。

他的剑是为了杀人！

铁青色的剑，发着淡淡的青光，楚留香虽远在数尺之外，已可感觉到自剑上发出的森森寒意。

楚留香道：“好剑，这才是真正的利器。”

薛衣人并没有取剑，淡淡道：“你用什么兵刃？”

楚留香没有回答这句话，却四下望了一眼。

劲装佩刃的黑衣人已将后园围了起来。

楚留香道：“你不嫌这里太挤吗？”

薛衣人冷冷道：“薛某生平与人交手，从未借过别人一指之力。”

楚留香道：“我也知道他们绝不敢出手的，但他们都是你的属下，有他们在旁边，纵不出手，也令我觉得有威胁。”

他笑了笑，接着道：“我一夜未睡，此刻与你交手，已失天时；这是你的花园，你对此间一木一树都熟悉得很，我在这里与你交手，又失了地利；若再失却了人和，这一战你已不必出手，我已是必败无疑的了。”

薛衣人冷冷地凝注着他，目光虽冷酷，但却已露出一丝敬重之色，这是大行家对另一大行家特有的敬意。

两人目光相对，彼此心里都已有了了解。

薛衣人忽然挥了挥手，道：“退下去，没有我的吩咐，谁也不许进入此地。”

楚留香道：“多谢。”

他面色已渐渐凝重。这“多谢”两个字中绝无丝毫讽刺之意，他一生中虽说过许多次“多谢”，却从没有一次说得如此慎重，因为他知道薛衣人令属下退后，也是表示对他的一种敬意。

这一战纵然立分生死，这份敬意也同样值得感激。

自敌人处得到的敬意，永远比自朋友处更难能可贵，也更令人感动。

薛衣人拿起了剑。

他对这柄剑凝注了很久，才抬起头，沉声道：“取你的兵刃。”

楚留香缓缓道：“一个月前，我曾在虎丘剑池旁与帅一帆帅老前辈交手，那次我用的兵刃，只是一根柔枝。”

薛衣人冷冷地望着他，等着他说下去。

楚留香道："那时我已对帅老前辈说过，高手相争，取胜之道并不在利器，我以树枝迎战，非但没有吃亏，反占了便宜。"

薛衣人皱了眉，似也不懂以树枝对利剑怎会占得到便宜，可是他并没有将心里的想法说出来。

楚留香已接着道："因为我以柔枝对利剑，必定会令帅老前辈的心理受到影响，以他的身份，绝不会想在兵刃上占我便宜，是以出手便有顾忌。"

薛衣人不觉点了点头。

楚留香道："不占便宜，就是吃亏了，譬如说，我若以一招'凤凰展翅'攻他的上方，他本该用一招'长虹经天'反撩我的兵刃，可是他想到我用的兵刃只不过是根树枝，就绝不会再用这一招了，我便在他变换招式这一刹那间，抢得先机。"

他微微一笑，接着道："高手对敌，正如两国交兵，分寸之地，都在所必争，若是有了顾忌之心，这一战便难免要失利了。"

薛衣人目中又露出了赞许之色，淡淡道："我并不是帅一帆。"

楚留香道："不错，帅一帆的剑法处处不离规矩，而前辈你的剑法都是以'取胜'为先，这两者之间的差别，正如一个以戏曲为消遣的票友，和一个以戏曲维生的伶人，他们的火候纵然相差无几，但功架却还是有高低之别。"

薛衣人又不觉点了点头，道："你说得很好。"

楚留香道："所以，我也不准备再用树枝与前辈交手。"

薛衣人道："你准备用什么？"

楚留香道："我准备就用这一双手。"

薛衣人皱眉道："你竟想以肉掌来迎战我的利剑？"

楚留香道："前辈之剑，锋利无匹，前辈之剑法，更是锐不可当，在下无论用什么兵刃，都绝不可能抵挡。何况，前辈出手之快，更是天下无双，我就算能找到一样和这柄同样的利器，前辈一招出手，我还是来不及招架的。”

薛衣人目中已不觉露出欢喜得意之色。“千穿万穿，马屁不穿”，恭维话毕竟是人人都爱听的。

何况这些话又出自楚香帅之口。

楚留香说话时一直在留意着他面上的神色，慢慢地接着道：“所以我和前辈交手，绝不想抵挡招架，贪功急进，只想以小巧的身法闪避，手上没有兵刃，负担反而轻些，负担愈轻，身法愈快。”

他又笑了笑，接着道：“不瞒前辈说，我若非为了不敢在前辈面前失礼，本想将身上这几件衣服都脱下来的。”

薛衣人沉默了半晌，缓缓道：“既是如此，你岂非已自困于‘不胜’之地？”

楚留香道：“但‘不败’便已是‘胜’，我只望能在‘不败’中再求取胜之道。”

薛衣人目光闪动，道：“你有把握不败？”

楚留香淡淡一笑，道：“在下和‘水母’阴姬交手时，又何尝有丝毫把握？”

薛衣人纵声而笑，笑声一发即止，厉声道：“好，你准备着闪避吧。”

楚留香早已在准备着了。

因为他开始说第一句话时，便已进入了“备战状态”，他说的每一句话都有目的，说话也是一种战略。

他知道薛衣人这一剑出手，必如雷轰电击，锐不可当。

薛衣人的剑尚未出手，他的身法已展开。

就在这时，剑光已如闪电般亮起，刹那之间，便已向楚留香的肩、胸、腰刺出了六剑。

他招式看来并没有什么奇特之处，却快得不可思议。这六剑刺出，一柄剑竟像是化为六柄剑。

幸好楚留香的身形已先展动，才堪堪避过。

但薛衣人的剑法却如长江大河，一泻千里。六招刺过，又是六招跟着刺出，绝不给人丝毫喘气的机会。

只见剑光绵密，宛如一片光幕，绝对看不见丝毫空隙，又正如水银泻地，无孔不入。

楚留香的轻功身法虽妙绝天下，但薛衣人六九五十四剑刺过，他已有五次遇着险招。

每一次剑锋都仅只堪堪擦身而过，他已能感觉出剑锋冷若冰雪，若是再慢一步，便不堪设想。

但他的眼睛却连眨都没有眨，始终跟随着薛衣人掌中的剑锋，似乎一心想看出薛衣人招式的变化，出手的方法。

薛衣人第九十六手剑刺出时，楚留香忽然轻啸一声，冲天而起，薛衣人下一剑刺出时，他已掠出了三丈开外。

等到薛衣人第一百零三手剑刺出时，他已掠上了小桥，脚步点地，又自小楼掠上了假山。

幸好这一片园林占地很广，楚留香的身法一展开，就仿如飞鸟般飞跃不停，自假山而小亭，自小亭而树梢。

他们的人已瞧不见了，只能瞧见一条灰影在前面兔起鹘落，一道闪亮的飞虹在后面如影随形地跟着。

只听“哧哧”之声不绝，满园落叶如锦。

薛衣人这才知道楚留香轻功之高，实是无人能及。

他自己本也以剑法、轻功双绝而称雄江湖。但此刻却已觉得有些吃力，尤其是他的眼睛。

人到老年时，目力自然难免衰退，他毕竟也是个人，此刻只觉园中的亭台树木仿佛也都在飞跃个不停。

一个人若是驰马穿过林荫道，便会感觉到两旁的树木都已飞起，一根根向他迎面飞了过来。

薛衣人此刻的身法更快逾飞鸟，自然也难免有这种感觉，只不过他想楚留香也是个人，自然也不会例外。

他想楚留香总也有眼花的时候。

楚留香这种交手的方法本非正道，但他早已说过，“不迎战，只闪避”，所以薛衣人现在也不能责备他。

只见他自两棵树之间蹿了出去。

谁知两棵树之间，还有株树，三株树呈三角排列，前面两株树的浓荫将后面一株掩住了。

若在平时，楚留香自然还是能瞧得见，但此时他身法实在太快，等他发现后面还有一株树时，人已向树上撞了过去。

到了这时，他收势已来不及了。

薛衣人喜出望外，一剑已刺出。

楚留香身子若是撞上树干，哪里还躲得开这一剑，何况他纵然能收势后退，也难免要被剑锋刺穿。

薛衣人也知道自己这一剑必定再也不会失手。

若是正常情况下交手，他心里也许会有怜才之意，下手时也许还不会太无情。

可是现在每件事都发生得太快，根本不会给他有丝毫思索考虑的机会，他的剑已刺了出去。

他的剑一出手，就连他自己也无法挽回。

“哧”地，剑已刺入……

但刺入的竟不是楚留香的背脊，而是树干。

原来楚留香这一着竟是诱敌之计，他身法变化之快，简直不是任何人所能想象。

就在他快撞上树干的那一瞬之间，他身子突然缩起，用双手抱着膝头，就地一滚，滚出了两三丈。

他听到“哧”的一声，就知道剑已刺入树干。

这是很坚实的桐柏，剑身刺入后，绝不可能应手就拔出来，那必须要花些力气，费些时间。

楚留香若在这一刹那间亮出拳脚，薛衣人未必能闪避得开，至少他一定来不及将剑拔出来。

薛衣人掌中无剑，就没有如此可怕了。

但楚留香并没有这么样做，只是远远地站在一边，静静地瞧着薛衣人，似乎还在等着他出手。

薛衣人既没有出手，也没有拔剑。

他却凝注着嵌在树干中的剑，沉默了很久很久，忽然笑了笑，道：“你果然有你的取胜之道，果然没有败。”

他承认楚留香未败，便无异已承认楚留香胜了。

薛衣人号称“天下第一剑”，平生未遇敌手，此刻却能将胜负之事以一笑置之，这等胸襟，这种气度，确也非常人所及。

楚留香心里也不禁暗暗敬佩，肃然道：“在下虽未败，前辈也未败。”

薛衣人道：“你若未败，便可算是胜，我若不胜，就该算是败了，因为我们所用的方法不同。”

楚留香道：“在下万万不敢言‘胜’，只因在下也占了前辈的便宜。”

薛衣人又笑了笑，道：“其实我也知道，我毕竟还是上了你的当。”

他接道：“我养精蓄锐，在这里等着你，那时我无论精神体力都正在巅峰状况，正如千石之弓，引弦待发。”

楚留香道：“是以在下那时万万不敢和前辈交手。”

薛衣人道：“你先和我说话，分散我的神志，再以言辞使我得意，等到我对你有了好感时，斗志也就渐渐消失。”

他淡淡笑道：“你用的正是《孙子兵法》上的妙策，未交战之前，先令对方的士气一而衰，再而竭，然后再以轻功消耗我的体力，最后再使出轻兵诱敌之计。剑法乃一人敌，你所用的兵法战略却为万人敌，这也难怪你战无不胜，连石观音和神水宫主都不是你的对手了。”

楚留香摸了摸鼻子，垂首笑道：“在下实是惭愧得很……”

薛衣人道：“高手对敌，正如两国交战，能以奇计制胜，方为大将之才，你又有何惭愧之处？何况，你轻功之高，我也是口服心服的。”

楚留香叹了口气，道：“前辈之胸襟气度，在下更是五体投地，在下本就没有和前辈一争长短之意，这一战实是情非得已。”

薛衣人叹道：“这实在是我错怪了你。”

他不让楚留香说话，抢着道：“现在我也已明白，你绝非那盗剑行刺的人，否则我方才一剑失手，你就万万不肯放过我的。”

楚留香道：“在下今日前来，非但是为了要向前辈解释，也为的是想观摩观摩前辈的剑法，只因我总觉得那真正刺客的剑法，出手和前辈有些相似。”

薛衣人动容道：“哦？”

楚留香道：“我迟早总免不了要和那人一战，那一战的胜负关系巨大，我万万败不得，是以我才先来观摩前辈的剑法，以作借镜。”

薛衣人道：“我也想看看那人的真面目……”

楚留香沉思着，徐徐道：“有前辈在，我想那人是万万不会现身的。”

薛衣人道：“为什么？”

楚留香沉吟不语。

薛衣人再追问道：“你难道认为那人和我有什么关系？”

他面上已露出惊疑之色，但楚留香还是不肯正面回答他这句话，却抬起头四面观望着，像是忽然对这地方的景色发生了兴趣。

这是个很幽静的小园，林木森森，却大多是百年以上的古树，枝叶离地至少在五丈以上，藏身之处并不多，屋宇和围墙都建筑得特别高，就算是一等一的轻功高手，也很难随意出入，来去自如。

有经验的夜行人，是绝不会轻易闯到这种地方来的。何况住在这里的可是天下第一剑客薛衣人。

楚留香沉吟着，道：“若换作是我，我就未必敢闯到这里来行刺，除非我早已留下了退路，而且算准了必定可以全身而退。”

他发现墙角还有个小门，四面墙上都爬满了半枯的绿藤，所以这扇门倒有一大半被掩没在藤箩中，若不留意，就很难发现。

楚留香很快地走了过去，喃喃道：“难道这就是他的退路？”

薛衣人道：“这扇门平日一直是锁着的，而且已有多年未曾开启。”

门上的铁闩都已生了锈，的确像是多年未曾开启，但仔细一看，就可发现闩锁上的铁锈有很多被刮落在地上，而且痕迹很新。

楚留香从地上拾起了一片铁锈，沉吟着道：“这地方是不是经常有人打扫？”

薛衣人道：“每天都有人打扫，只不过……这两……”

楚留香笑了笑，说道：“这两天大家都忙着捉贼，自然就忘了打扫院子，所以这些铁锈才会留在这里。”

薛衣人道：“铁锈？”

楚留香道："这扇门最近一定被人打开过，所以门闩和铁锁上的锈才会被刮下来。"

薛衣人道："前天早上还有人打扫过院子。扫院子的老李做事一向最仔细，他打扫过的地方，连一片落叶都不会留下来。"

楚留香道："所以这扇门一定是在老李扫过院子后才被人打开的，也许就在前天晚上。"

薛衣人动容道："你是说……"

楚留香道："我是说那刺客也许就是从这扇门里溜进来，再从这扇门出去的。"

薛衣人脸色更沉重，背负着双手踱着步，沉思道："此门久已废弃不用，知道这扇门的人并不多……"

楚留香轻轻地摸着鼻子，谁也不知道他在想什么。

薛衣人沉默了很久，才接着道："那人身手捷健，轻功不弱，尽可高来高去，为什么一定要走这扇门呢？"

楚留香道："就因为谁也想不到他会从此门出入，所以他才要利用这扇门，悄然而来，全身而退。"

薛衣人道："但现在这扇门又锁上了。"

楚留香道："嗯。"

薛衣人道："他逃走之后，难道还敢回来锁门？"

楚留香笑了笑，道："也许他有把握能避开别人的耳目。"

薛衣人冷笑道："难道他认为这里的人都是瞎子？"

楚留香道："也许他有特别的法子。"

薛衣人道："什么法子？难道他还会隐身法不成？"

楚留香不说话了，却一直在盯着门上的锁。

然后他也不知从哪里摸出了一根很长的铁丝，在锁孔里轻轻一挑，只听"咯"的一声，锁已开了。

薛衣人道："我也知道这种锁绝对难不倒有经验的夜行人，只不过聊备一格，以防君子。"

楚留香笑道："只可惜这世上的君子并不多，小人却不少。"

薛衣人也发觉自己失言了，干咳了两声，抢先打开了门，道："香帅是否想到隔壁的院子瞧瞧？"

楚留香道："确有此意，请前辈带路。"

他似乎对这把生了锈的铁锁很有兴趣，居然趁薛衣人先走出门的时候，顺手牵羊，将这把锁藏入怀里去。

只见隔壁这院子也很幽静，房屋的建筑也差不多，只不过院中落叶未扫，窗前积尘染纸，显得有种说不出的荒凉萧索之意。

薛衣人目光扫过积尘和落叶，面上已有怒容——无论谁都可以看得出来，这地方至少已有三个月未曾打扫了。

楚留香心里暗暗好笑：原来薛家庄的奴仆也和别的地方一样，功夫也只不过做在主人的眼前而已。

有风吹过，吹得满院落叶簌簌飞舞。

楚留香道："这院子是空着的？"

薛衣人又干咳了两声，道："这里本是我二弟笑人的居处。"

楚留香道："现在呢？"

薛衣人道："现在……咳咳，舍弟一向不拘小节，所以下人们才敢如此放肆。"

这句话说得很有技巧，却说明了三件事。

第一，薛笑人还是住在这里。

第二，下人们并没有将这位"薛二爷"放在心上，所以这地方才会没人打扫。

第三，他也无异说出了他们兄弟之间的情感很疏远。他若时常到这里来，下人们又怎敢偷懒？那扇门又怎会锁起？

楚留香目光闪动，道：“薛二侠最近只怕也很少住在这里。”

薛衣人“哼”了一声，又叹了口气。

“哼”是表示不满，叹气却是表示惋惜。

就在这时，突听外面一阵骚动，有人惊呼着道：“火……马棚起火……”

薛衣人虽然沉得住气，但目中还是射出了怒火，冷笑道：“好，好，好，前天有人来盗剑，昨天有人来行刺，今天居然有人来放火了，难道我薛衣人真的老了？”

楚留香赶紧赔笑道：“秋冬物燥，一不小心，就会有祝融之灾，何况马棚里全是稻草……”

他嘴上虽这么说，其实心里明白这是谁的杰作了——“小火神”他们见到楚留香进来这么久还无消息，怎么肯在外面安安分分地等着。

薛衣人勉强笑了笑，还未说完，突然又有一阵惊呼骚动之声传了过来：“厨房也起火了……小心后院，就是那厮放的火，追！”

“小火神”放火的技术原来并不高明，还是被人发现了行踪。

楚留香暗中叹了口气，只见薛衣人面上已全无半分血色，似乎想亲自出马去追那纵火的人，又不便将楚留香一个人抛下来。

往高墙上望过去，又可望见闪闪的火苗。

楚留香心念一闪，道：“前辈你只管去照料火场，在下就在这里逛逛，薛二侠说不定恰巧回来了，我还可以跟他聊聊。”

薛衣人跺了跺脚，道：“既然如此，老朽失陪片刻。”

他走了两步，突又回道：“舍弟若有什么失礼之处，香帅用不着对他客气，只管教训他就是。”

楚留香微笑着，笑得很神秘。

# 第十章

## 薛二爷的秘密

薛笑人住的屋子几乎和他哥哥的完全一式一样，只不过窗前积尘，檐下结网，连廊上的地板都已腐朽，走上去就会“吱吱咯咯”地发响。

门，倒是关着的，且还用草绳在门闩上打了个结。

假如有人想进去，用十根草绳打十个结也照样拦不住。用草绳打结的意思，只不过是想知道有没有人偷偷进去过而已。

这意思楚留香自然很明白。

他眼睛闪着光，仿佛看到件很有趣的事，眼睛盯着这草绳的结，他解了很久，才打开结，推开门。

可是他并没有立刻走进去。

门还在随风摇晃着，发出阵阵刺耳的声响。

屋子里暗得很，日光被高墙、浓荫、垂檐所挡，根本照不进去。

楚留香等自己的眼睛完全适应黑暗之后，才试探着往里走，走得非常慢，而且非常小心。

难道他认为这屋子里会有什么危险不成？不错，有时“疯子”的确是很危险的，但疯子住的破屋子又会有什么危险呢？

无论谁要去找“薛宝宝”，一走进这屋子，都会认为自己走错了，因为这实在不像是男人住的地方。

屋子的角落里，放着一张很大的梳妆台，上面摆满了各式各样的东西，十样中倒有九样是女子梳妆时用的。

床上、椅子上，堆满了各式各样的衣服，每一件都是花花绿绿、五颜六色，十个女孩子中只怕最多也只有一两个人敢穿这种衣裳。

住在这里的若当真是个女人，这女人也必定很有问题，何况住在这里的竟是个男人，四十多岁的男人。

这男人自然毫无疑问是个疯子。

楚留香眼神似又黯淡了下去。

他在屋子里打转着，将每样东西都拿起来瞧瞧。

他忽然发现“薛宝宝”居然是个很考究的人，用的东西都是上好的货，衣裳的质料很高贵，而且很干净。

而且这屋子里的东西虽摆得乱七八糟，其实却简直可说是一尘不染，每样东西都干净极了。

是谁在打扫屋子？

若有人替他打扫屋子，为什么没有人替他打扫院子？

楚留香的眼睛又亮了。

突然间，屋顶上“忽”的一声响。

楚留香一惊，反手将一根银簪射了出去。

银簪本就在梳妆台上，他正拿在手里把玩，此刻但见银光一闪，“嘭”的一声，钉入了屋顶。

屋顶上竟发出了一声令人毛骨悚然的声音。

原来这屋子的梁下还有层木板，看来仿佛建有阁楼，却看不到楼梯，也看不到入口。

银簪只剩下一小截露在外面，闪闪地发着光。

楚留香身子轻飘飘地掠了上去，贴在屋顶上，就像是一张饼摊在锅里，平平的、稳稳的，绝没有人担心他会掉下来。

他轻轻地拔出了银簪，就发现有一丝血随着银簪流出，暗紫的血看来几乎就像墨汁，而且带着种无法形容的恶臭。

楚留香笑了："原来只不过是只老鼠。"

但这只老鼠却帮了他很大的忙。

他先将屋顶上的血渍擦干净，然后再用银簪轻敲。

屋顶上自然是空的。

楚留香游鱼般在屋顶下滑了半圈，突然一伸手，一块木板就奇迹般被他托了起来，露出了黑黝黝的入口。

外面的骚动惊呼声已离得更远了。令人失望的是这阁楼上并没有什么惊人的秘密，只不过有张凳子，有个衣箱。

衣箱很破旧，像是久已被主人所废弃。但楚留香用手去摸了摸，上面的积尘居然并不多。

打开衣箱一看，里面只不过有几件很普通的衣服。

这些衣服绝没有丝毫奇异之处，谁看到都不会觉得奇怪。

只有楚留香例外，也许就因为这些衣服太平凡，太普通了，楚留香才会觉得奇怪。

一个疯子的阁楼上，怎会藏着普通人穿的衣服？若说这些衣服是普通人穿的，衣箱上的积尘怎会不多呢？

楚留香放下衣服，盖好衣箱，从原路退下去，将木板盖好，自下面望上去，绝对看不出有人上去过。

然后他又将那根银簪放回妆台，走出门，关起门，用原来的那根草绳，在门闩上打了个相同的结。

看他的样子，居然好像就要走了。

墙头上的火苗已化作轻烟，火势显然已被扑灭。

院外已传来了一阵呼唤声，正是来找楚留香的。

楚留香突然一掠而起，轻烟般掠上屋脊。

他听到有两个人奔入这院子，一人唤道：“楚相公，楚大侠，我家庄主请您到前厅用茶。”

另一人道：“人家明明已走了，你还穷吼什么？”

那人似乎又瞧了半天，才嘀咕着道：“他怎么会不告而别，莫非被我们那位宝贝二爷拉走了？”

另一人笑道：“这姓楚的一来，就害得我们这些人几天没得好睡，让他吃吃我们那位宝贝二爷的苦头也好。”

楚留香闷声不响地听着，只有暗中苦笑，等这两人又走了出去，他忽然掀起了几片屋瓦，在屋顶上挖了个洞。将挖出来的泥灰都用块大手巾包了起来，用屋瓦压着，免得被风吹散。

这些事若换了别人来做，不免要大费周章，但楚留香却做得又干净又利落，而且连一点声音都没有，就算有只猫在屋顶下，都绝不会被惊动。从头到尾还没有花半盏茶工夫，他已神不知鬼不觉地又溜回了那阁楼。

天光从洞里照进来，阁楼比刚才亮得多了。

楚留香找着了那只死老鼠，远远抛到一边，扯下块衣襟，将木板上的血渍和尘土都擦得干干净净。

木板上就露出了方才被银簪钉出来的小孔，楚留香伏在上面瞧了瞧，又用那根开锁的铁丝将这小孔稍微通大了一些。

然后他就舒舒服服地躺了下来，轻轻地揉着鼻子，嘴角露出了微笑，像是对这所有的一切都觉得很满意。

又不知过了多久，下面的门忽然发出“吱”的一声轻响，明明睡着了的楚留香居然立刻就醒了过来。

他轻轻一翻身，眼睛就已凑到那针眼般的小孔上。

楚留香早已将位置算好，开孔的时候，所用的手法也很巧妙，是以孔虽不大，但一个人若走进屋子，他主要的活动范围，全都在这小孔的视界之内，从下面望上去，这小孔却只不过是个小黑点。

走进屋子来的，果然就是薛宝宝。

只见他一面打呵欠，一面伸懒腰，一面又用两手捶着胸膛，在屋子里打了几个转，像是在活动筋骨。

除了他身上穿的衣服外，看他现在的举动，实在并没有什么疯疯癫癫的模样，但一个疯子回到自己的屋子里，是不是就会变得正常些呢？世上大多数的疯子，岂非都是见到人之后才发疯的吗？

只见薛宝宝踱了几个圈子，就坐到梳妆台前，望着铜镜呆呆地出神，又拿起那根银簪，放在鼻子上嗅了嗅，对着镜子做了个鬼脸，喃喃道："死小偷，坏小偷，你想来偷什么？"

他果然已经发现有人进过这屋子。

楚留香面上不禁露出了得意之色，就好像一个猎人已捉住了狐狸的尾巴，谁知他刚一眨眼，薛宝宝竟突然间不见了。

原来他也不知是有心，还是无意，一闪身已到了楚留香瞧不见的角落，楚留香虽瞧不见他，还是听到地板在"吱吱"地响。

薛宝宝他究竟在干什么？

若是换了别人，一定会沉住气等他再出现，但楚留香却知道自己等得已经够了，现在这时机再也不能错过。

他身子一翻，已掀起那块木板。

他的人已轻烟般跃下。

楚留香若是迟了一步，只怕就很难再见到薛宝宝这个人了。

梳妆台后已露出了个地道，薛宝宝已几乎钻了进去。

楚留香微笑道："客人来了，主人反倒要走了吗？"

薛宝宝一回头，看到楚留香，立刻就跳了起来，大叫道："客人？你算是什么客人？你是大骗子、小偷……"

他手里本来拿着样扁扁的东西，此刻趁着一回头，一眨眼的工夫，已将这样东西塞入怀里。

楚留香好像根本没有留意，还是微笑道："无论如何，我并没有做亏心事，所以也不必钻地洞。"

薛宝宝听了，又跳起来吼道："我钻地洞，找朋友，干你什么事？"

楚留香道："哦？钻地洞是为了找朋友？难道你的朋友住在地洞里？"

薛宝宝道："一点也不错。"

楚留香道："只有兔子才住在地洞里，难道你的朋友是兔子？"

薛宝宝瞪眼道："一点也不错，兔子比人好玩多了，我为什么不能跟它们交朋友？"

楚留香叹了口气，道："不错，找兔子交朋友至少没有危险，无论谁想装疯，兔子一定看不出。"

薛宝宝居然连眼睛都没有眨，反而大笑起来，道："好，好，好，原来你也喜欢跟兔子交朋友，来，来，来，快跟我一起走。"

他跳过来就想拉楚留香的手。

但楚留香这次可不再上当了，一闪身，已转到他背后，笑道："我既没有杀人，也不必装疯，为什么要跟兔子交朋友？"

薛宝宝笑嘻嘻道："你在说什么，我不懂。"

楚留香瞪着他，一字字道："你已用不着再装疯，我已知道你是谁了。"

薛宝宝大笑道："你当然知道我是谁，我是薛家的二少爷，天下第一的天才儿童。"

楚留香道："除此之外，你还是天下第一号的冷血凶手。"

薛宝宝笑道："凶手？什么叫凶手？难道我的手很凶吗？我看倒一点也不凶呀。"

楚留香也不理他，缓缓道："你一走进这屋子，就立刻知道有人来过了，因为你的东西看来虽放得乱七八糟，其实别人只要动一动，你立刻就知道。"

薛宝宝大笑道："你若到我兔子朋友的洞里去过，它们也立刻就会知道的，难道它们的'手'也很'凶'？"

楚留香道："你算准除了我之外，绝没有人怀疑到你，所以你发现有人进来过，就立刻想到是我。"

薛宝宝道："这只因为我早已知道你不但是骗子，还是小偷。"

楚留香道："你这屋子看来虽像是个疯子住的地方，其实还有很多破绽，是万万瞒不过明眼人的。"

薛宝宝道："你难道是明眼人吗？我看你眼睛非但不明，还有些发红，倒有点像我的兔子朋友哩。"

楚留香道："这屋子就像是书生的书斋，虽然你把书堆得乱七八糟，其实却自有条理，唯一不同的是这里实在比书生的书斋干净多了。"

他眼睛一转，笑了笑，道："你以后若还想装疯，最好去弄些牛粪狗尿，洒在这屋子里，用的粉也切切不可如此考究，刮些墙壁灰涂在脸上也就行了。"

薛宝宝拍手笑道："难怪你的脸这么白，原来你涂墙壁灰。"

楚留香道："最重要的是，你不该将那些衣服留在阁楼上。"

薛宝宝眨了眨眼，道："衣服？什么衣服？"

楚留香道："就是你要杀人时的衣服。"

薛宝宝突然咯咯地笑了起来，但目中却已连半分笑意都没有了。

楚留香盯着他的眼睛，道："你知道我已发现了这些事，知道你的秘密迟早总会被我揭穿，所以就想赶快一溜了之，但这次我又怎会再让你溜走？"

薛宝宝愈笑愈厉害，到后来居然笑得满地打滚，怎奈楚留香的眼睛一直盯着他，无论他滚到哪里，都再也不肯放松。

楚留香道："我初见你的时候，虽觉有些奇怪，却还没有想到你就是那冷血的凶手，你若不是那么样急着杀我，我也许永远都想不到。"

薛宝宝在地上滚着笑道："别人都说我是疯子，只有你说我不疯，你真是个好人。"

他滚到楚留香面前，楚留香立刻又退得很远，微笑道："到后来你也知道要杀我并不是件容易事，所以你才想嫁祸于我，想借你兄长的利剑来要我的命。"

薛宝宝虽还勉强在笑，但已渐渐笑不出来了。

楚留香道："于是你就先去盗剑，再来行刺。薛家庄每一尺地你都了如指掌，你自然可以来去自如，谁也抓不到你。"

他笑了笑，接着道："尤其那扇门，别人抓刺客的时候，你往那扇门溜走，溜回自己的屋里，等别人不注意时，再偷偷过去将锁锁上。你明知就算被人瞧见，也没有什么关系，因为谁也不会注意到你，在别人眼中，你只不过是个无足轻重的疯子，这就是你的'隐身法'。"

薛宝宝霍然站了起来，盯着楚留香。

楚留香淡淡道："你的确是个聪明人，每件事都设计得天衣无缝，谁也不会猜到你，薛家庄的二少爷，薛衣人的亲弟弟，居然会是用钱买得到的刺客，居然会为钱去杀人，这话就算说出来，只怕也没有人相信。"

薛宝宝突又大笑起来，道："不错，薛二公子会为了钱而杀人吗？这简直荒唐至极。"

楚留香笑道："一点也不荒唐，因为你杀人并非真的为了钱，而是为了权力，为了补偿你所受的气。"

薛宝宝道："我受的气？我受了谁的气？"

他面上似乎起了种难言的变化，整张脸都扭曲了起来，咯咯笑道："谁不知道我大哥是天下第一剑客，谁敢叫我受气？"

楚留香轻轻叹息了一声，道："就因为令兄是天下第一剑客，所以你才会落到这地步。"

薛宝宝道："哦？"

楚留香道："你本来既聪明，又有才气，武功之高，更可说是武林少见的高手，以你的武功和才气，本可在武林中享有盛名，只可惜……"

他又长叹了一声，缓缓接着道："只可惜你是薛衣人的弟弟。"

薛宝宝的嘴角突然剧烈地颤抖起来，就好像被人在脸上抽了一鞭子。

楚留香道："因为你所有的成就，都已被'天下第一剑客'的光彩所湮没，无论你做了什么事，别人都不会向你喝彩，只会向'天下第一剑客之弟'喝彩。你若有成就，那是应该的，因为你是'天下第一剑客'的弟弟；你若偶尔做错了一件事，那就会变得罪大恶极，因为大家都会觉得你丢了你哥哥的人。"

薛宝宝全身都发起抖来。

楚留香道："若是换了别人，也许就此向命运低头，甚至就此消沉，但你却是不肯认输的人，怎奈你也知道你的成就永远无法胜过你的哥哥。"

他长长叹息了一声，摇头道："只可惜你走的那条路走错了……"

薛宝宝似乎想说什么，却什么也没有说。

楚留香道："这自然也因为你哥哥从小对你期望太深，约束你太严，爱之深未免责之切，所以你才想反抗，但你也知道在你哥哥的约束下，根本就不能妄动，所以你才想出了‘装疯’这个妙法子，让别人对你不再注意，让别人对你失望，你才好自由自在，做你想做的事。”

他望着薛宝宝，目中充满了惋惜之意。

薛宝宝突又狂笑了起来，指着楚留香道：“你想得很妙，说得更妙，可惜这只不过是你在自说自话而已，你若认为我就是那刺客组织的主使人，至少也得有真凭实据。”

楚留香道：“你要证据？”

薛宝宝厉声道：“你若拿不出证据来，就是含血喷人。”

楚留香笑了笑，道：“好，你要证据，我就拿证据给你看。”

他小心翼翼地自怀中将那铁锁拿了出来，托在手上，道：“这就是证据。”

薛宝宝冷笑道：“这算是什么证据？”

楚留香道：“这把锁就是那门上的锁，已有许久未曾被人动过，只有那刺客前天曾经开过这把锁，是吗？”

薛宝宝闭紧了嘴，目中充满了惊讶之色，显然他还猜不透楚留香又在玩什么花样，他决心不再上当。

楚留香道：“开锁的人，必定会在锁上留下手印，这把锁最近既然只有那刺客开过，所以锁上本该只有那刺客的手印，是吗？”

薛宝宝的嘴闭得更紧了。

楚留香道：“但现在这把锁上却只有你的手印。”

薛宝宝终于忍不住道：“手印？什么手印？”

楚留香微笑道：“人为万物之灵，上天造人，的确奇妙得很，你我虽同样是人，但你我的面貌身材，却绝不相同，世上也绝没有两个面貌完全相同的人。”

薛宝宝还是猜不透他究竟想说什么。

楚留香伸出了手，又道："你看，每个人掌上都有掌纹，指上也有指纹，但每个人的掌纹和指纹也绝不相同，世上更没有两个掌纹完全相同的人。你若仔细研究，就会发觉这是件很有趣的事，只可惜谁也没有留意过这件事。"

薛宝宝愈听愈迷糊，人们面对着自己不懂的事，总会作出一种傲然不屑之态，薛宝宝冷笑道："你这些话只能骗骗三岁孩童，却骗不了我。"

他嘴里这么说，两只手却已不由自主藏在背后。

楚留香笑道："现在你再将手藏起来也没有用了，因为我已检查过你梳妆台上的东西，上面的手印，正和这把锁上的手印一样，只要两下一比，你的罪证就清清楚楚地摆了下来，那是赖也赖不掉的。"

薛宝宝又惊又疑，面上已不禁变了颜色，突然反手一扫，将梳妆台上的东西全都扫落在地。

楚留香大笑道："你看，你这不是做贼心虚是什么？就只这件事，已足够证明你的罪行了。"

薛宝宝狂吼道："你这厉鬼，你简直不是人，我早就该杀了你的。"

狂吼声中，他已向楚留香扑了过去。

就在这时，突听一人大喝道："住手！"

薛宝宝一惊，就发现薛衣人已站在门口。

薛衣人的脸色也苍白得可怕，长长地叹息着，黯然道："二弟，你还是上他的当了。"

薛宝宝满头冷汗涔涔而落，竟动也不敢动，"长兄为父"，他对这位大哥自幼就存着一分畏惧之心。

薛衣人叹道："楚香帅说的道理并没有错，每个人掌上的纹路的确都绝不相同，人手接触到对象，也极可能会留下手印，但这只不过仅仅是‘道理’而已，正如有人说‘天圆地方’，但永远无法证明。”

他凝视着楚留香，缓缓道：“香帅你也永远无法证明这种‘道理’的，是吗？”

楚留香摸了摸鼻子，苦笑道：“这些道理千百年以后也许有人能证明，现在确是万万不能。”

薛宝宝这才知道自己毕竟还是又上了他的当，眼睛瞪着楚留香，也不知是悲是怒，心里更不知是何滋味。

薛衣人忽然一笑，道：“但香帅你也上了我一个当。”

楚留香道：“我上了你的当？”

薛衣人徐徐道：“那刺客组织的首领，其实并不是他，而是我。”

楚留香这才真的吃了一惊，失声道：“是你？”

薛衣人一字字道：“不错，是我。”

楚留香怔了半晌，长叹道：“我知道你们兄弟情深，所以你不惜替他受过。”

薛衣人摇了摇头，道：“我这不过是不忍要他替我受过而已。”

他长叹着接道：“你看，这庄院是何等广阔，庄中食客是何等浩繁，我退隐已有数十年，若没有分外之财，又如何能维持得下？”

楚留香道：“这……”

薛衣人道：“我既不会经商营利，也不会求官求俸，更不会偷鸡摸狗，我唯一精通的事，就是以三尺之剑，取人项上头颅。”

他凄然一笑，接着道：“为了保持我祖先传下的庄院，为了要使我门下子弟丰衣食足，我只有以别人的性命换取钱财，这道理香帅你难道还不明白？”

楚留香这一生中，从未比此时更觉得惊愕、难受，他呆呆地怔在那里，连一句话都说不出来。

薛衣人默然道：“我二弟他为了家族的光荣，才不惜替我受过，不然我……”

薛宝宝突然狂吼着道：“你莫要说了，莫要再说了。”

薛衣人厉声道：“这件事已与你无关，我自会和香帅做一了断，你还不快滚出去！”

薛宝宝咬了咬牙，哼声道：“我从小一直听你的话，你无论要我做什么，我从来也不敢违抗，但是这次……这次我再也不听你的了！”

薛衣人怒道：“你敢！”

薛宝宝道：“我四岁的时候，你教我识字，六岁的时候，教我学剑，无论什么事都是你教我的。我这一生虽已被你压得透不过气来，但我还是要感激你，算来还是欠你很多。现在你又要替我受过，你永远是有情有义的大哥，我永远是不知好歹的弟弟……”

说着说着，他已涕泪迸流，放声痛哭，嘶哑着喊道：“但你又怎知道我一定要受你的恩惠，我做的事自有我自己负担，用不着你来做好人，用不着！”

薛衣人面色已惨变，道：“你……你……”

薛宝宝仰首大呼道：“凶手是我，刺客也是我，我杀的人已不计其数，我死了也很够本了……楚留香，你为何还不过来动手？”

薛衣人也泪流满面，哑声道：“这全是我的错，我的确对你做得太过分了，也逼得你太紧！香帅，真正的罪魁祸首是我，你杀了我吧。”

楚留香只觉鼻子发酸，眼泪几乎也要夺眶而出。

薛宝宝厉声道：“楚留香，你还假慈悲什么……好，你不动手，我自己来……”

说到这里，他突然抽出一柄匕首，反手刺向自己咽喉。

语声突然断绝！

薛衣人惊呼着奔过去，已来不及了。

鲜血箭一般飞激到他胸膛，再一次染红了他的衣服。

但这次却是他弟弟的血！

这件衣服他是否会像以前一样留下来呢？

血衣人！唉！薛衣人……

# 第十一章

# 情有所钟

楚留香慢慢退了出去。

为了这刺客组织的首领，他已不知花了多少心血，也不知道追踪了多久，现在他总算心愿得偿。

可是他心里真的高兴吗?

深秋昼短，暮色似已将来临。

秋风舞着黄叶，伶仃的枯枝也陪着在秋风中颤抖。

楚留香自地上拾起了一片落叶，怔怔地看了许久，又轻轻地放了下去，看着它被秋风卷起。

他挺起胸，走了出去。

楚留香一走出薛家庄的门，就已发现有个人远远躲在树后，不时贼头贼脑地往这边偷偷看一眼。

他虽然只露出半只眼睛，但楚留香也已认出他是谁了……除了小秃子外，谁有这么秃的头?

小秃子一见楚留香，眼睛就亮了起来，楚留香却好像根本没有瞧见他，小秃子急得直擦汗，直招手，楚留香还是不理，反而故意往另一边走，小秃子闪闪缩缩在后面跟着，也不敢出声招呼。

刚在别人家里放完了火，总是有些心虚的，直等楚留香已走出很远，小秃子才敢过去，笑嘻嘻道：“你老人家若再不出来，可真要把我们急死了。”

楚留香板着脸，道：“我一点也不老，也用不着你们着急。”

小秃子怔了怔，赔笑道：“香帅莫非在生我们兄弟的气吗，难道是为了我们兄弟不敢冲进去帮忙？”

楚留香冷冷道：“帮忙倒不敢，只求你们以后莫要再认我这朋友就是了！”

小秃子本来还在赔着笑，一听完这句话，脸上的笑容忽然僵住了。过了半晌，才期期艾艾地问道：“为……为什么？”

楚留香道：“因为我虽然什么样的朋友都有，但杀人放火的朋友倒是没有，小小年纪就学会了杀人放火，长大了那还得了。”

小秃子着急道：“我……我从来也没有杀过人哪！”

楚留香道：“放火呢？”

小秃子苦着脸道：“那……那倒不是没有，只不过……只不过……”

楚留香道：“只不过怎样，只不过是为了我才放的火，是不是？”

小秃子脸上直流汗，也不知是该点头，还是该摇头。

楚留香道：“你为了我放火，我就该感激你，是不是？那么你将来若再为我杀人，我是不是更应该感激你？”

小秃子急得几乎已快哭了出来。

楚留香叹了口气，道：“你放火烧的若是恶人的屋子，杀的若是恶人，虽然已经不应该了，倒是情有可原；烧的若是好人的屋子，杀的若是好人，那么你无论为了谁都不行，无论什么理由都讲不通。你明白吗？”

小秃子拼命点头，眼泪已流了下来。

楚留香脸色和缓了下来，道：“你现在年纪还轻，我一定要你明白

‘大丈夫有所不为’这七个字，那就是说，有些事你无论为了什么理由，都绝不能做的！”

小秃子“扑通”一声就跪了下来，一把眼泪，一把鼻涕，哽声道：“我明白了，下次我再也不敢了，无论为了什么原因，我都绝不做坏事，绝不杀人放火。”

楚留香这才展颜一笑，道：“只要你记着今天的这句话，你不但是我的好朋友，还是我的好兄弟！”

他拉起小秃子笑道：“你还要记着，男人眼泪要往肚子里流，鼻涕却万万不可吞到肚子里去。”

小秃子忍不住笑了，他不笑还好，一笑起来，险些真的将鼻涕吞了下去，赶紧用力一吸，全部鼻涕“吸溜”一声就又缩了回去。

楚留香也忍不住笑道：“想不到你还有这么样一手内功绝技。”

小秃子红着脸，哧哧笑道：“小麻子也总想学我这一手，却总是学不会，鼻涕弄得满脸都是。”

楚留香道：“他在哪里？”

小秃子道：“他陪着一个人在那边等着香帅，现在只怕已等得急死了。”

小麻子果然已急死了，但他陪着的那个人却更急，连楚留香都未想到等他的人竟是薛斌的书童倚剑。

倚剑一见了楚留香，就要拜倒。

楚留香当然拦住了他，笑问道：“你们本来就认识的？”

小麻子抢着道：“我们要不认得他，今天说不定就惨了，若不是他放了我们一马，刚才我们就未必能逃得了。”

小秃子一听他又要说放火的事，赶紧将他拉到一边。

倚剑恭声道：“香帅的意思，小人已转告给二公子。”

楚留香道："他的意思呢？"

倚剑道："二公子也已久慕香帅侠名，此刻只怕已在那边猎屋中恭候香帅的大驾了。"

楚留香笑了笑道："很好，再烦你去转告薛二公子，请他稍候片刻，说我马上就到。"

等倚剑走了，楚留香又沉吟了半晌，道："我还有件事，要找你们两个做。"

小麻子怕挨骂，低着头不敢过来，小秃子已挨过了骂，觉得自己好像比小麻子神气多了，抢着道："莫说一件事，一百件事也没关系。"

"昨天晚上我去找的那对夫妻，你认得出吗？"

小秃子道："当然认得出。"

楚留香道："好，你现在就去找他们，将他们也带到那边猎屋去，就说是我请他们去的。"

小秃子道："没问题！"

楚留香道："但是你们到了那边猎屋后，先在外面等着，最好莫要被人发现，等我叫你们进去时再露面。"

小秃子一面点头，一面拉着小麻子就跑。

楚留香仰面向天，长长伸了个懒腰，喃喃道："谢天谢地，所有的麻烦事，总算都要过去了……"

楚留香并没有费什么功夫就将左轻侯稳住，又将那位也不知是真还是假的"左明珠"姑娘带出了掷杯山庄。

这位"左姑娘"脸色还是苍白得可怕，眼睛却亮得很，这两天她好像已养足了精神，但走路还是慢吞吞的，跟在楚留香后面走了很久，才悠悠地道："现在已经快到三天了。"

楚留香笑了笑，道："我知道。"

左姑娘道："你答应过我，只要等三天，就让我回家的。"

楚留香道："嗯。"

左姑娘道："那么……那么你现在就肯让我回去？"

楚留香道："我自然肯让你走，只不过，你回到家以后，你父母还认你吗？若换了我，是绝不会认一个陌生女孩子做自己女儿的。"

左姑娘咬着嘴唇，道："可是……可是你已经答应过我，你就该替我去解释。"

楚留香道："金弓夫人会相信我的话？"

左姑娘道："江湖中谁不知楚香帅一诺千金？只要香帅说出来的话，就算你的仇人，也绝不会不相信的。"

楚留香沉默了半晌，忽又回头一笑，道："你放心，我总叫你如愿就是，只不过什么事都要慢慢来，不能着急，一着急，我的章法就乱了。"

左姑娘垂下了头，又走了半晌，前面已到了那小树林，远远望去，已可隐约见到那栋小木屋。

她忽然停下脚步，道："你……你既不想送我回家，想带我到哪里去？"

楚留香道："你瞧见那边的木屋了吗？"

左姑娘脸色更苍白，勉强点了点头。

楚留香道："我走累了，我们先到那屋子去坐坐。"

左姑娘道："我……我……我不想去。"

她虽然勉强控制着自己，但嘴唇还是有些发抖。

楚留香笑道："那屋子里又没有鬼，你怕什么，何况，你已死过一次，就算有鬼你也不必害怕的。"

左姑娘道："我……我听说过那屋子是薛家的。"

楚留香笑道："你若是左明珠，自然不能到薛家的屋子去，但你又不是真的左明珠，左明珠早已死了，你只不过是借了她的尸还魂而已，为什么去不得？"

他笑嘻嘻道："何况，你既是薛二公子未过门的媳妇，迟早总是要到薛家去的。"

左姑娘道："可是……可是……"

楚留香道："我也没关系，我是薛衣人的朋友！"

左姑娘好像呆住了，呆了半晌，勉强低着头跟楚留香走了过去，脚下就像是拖着千斤铁链似的。

楚留香却走得很轻快，他们刚走到那木屋门口，门就开了，一个很英俊的锦衣少年推门走了出来。

他脸上本来带着笑，显然是出来迎接楚留香的，但一瞧见这位"左姑娘"，他的笑容就冻结了。

左姑娘虽然一直垂着头，但脸色也难看得很。

楚留香目光在两人脸上一扫，笑道："两位原来早就认得了。"

那少年和左姑娘立刻同时抢着道："不认得……"

楚留香笑道："不认得？那也无妨，反正两位迟早总是要认得的。"

他含笑向那少年一抱拳，道："这位想必就是薛二公子了。"

薛斌躬身垂首道："不敢，弟子正是薛斌。香帅的大名，弟子早已如雷贯耳，却不知香帅这次有何吩咐？"

楚留香道："吩咐倒也不敢，请先进去坐坐再说。"

他反倒像个主人，在门口含笑揖客。薛斌和左姑娘只有低着头往里走，就像脖子忽然断了，再也抬不起头。

倚剑立刻退了出来，退到门口，只听楚留香低声道："等小秃子来了，叫他一个人先进来。"

只见左姑娘和薛斌一个站在左边屋角，一个站在右边屋角，两人眼观鼻，鼻观心，动也不动。

楚留香笑道："这地方实在不错，就算是做新房，也做得过了……薛公子，你说是吗？"

薛斌哈哈道："不敢……是……咳咳。"

楚留香又在屋里踱了几个圈子，曼声笑道："月上柳梢头，人约黄昏后……只是约在此间，倒真不错……"

他忽然拉开门，小秃子正好走到门口。

楚留香笑道："你来得正好，这两位不知你可认得吗？"

小秃子眼睛一转，立刻眉开眼笑，道："怎么会不认得，这位公子和这位小姐都是大方人，第一次见面就给了我几两银子。"

他话未说完，左姑娘和薛斌的脸色已变了。

两人抢着道："我不认得他……这孩子认错人了。"

小秃子眨着眼笑道："我绝不会认错，叫花子遇到大方人，那是永远也忘不了的。"

楚留香拊掌笑道："如此说来，薛公子和左姑娘的确是早已认得的了。"

左姑娘忽然大叫起来道："我……我不姓左，你们都看错了，我是施茵……我不认得他！"

她一面狂吼，一面就想冲出去。

但是她立刻就发现真的"施茵"已站在门口！

楚留香指着施茵，含笑道："你认得她吗？"

左明珠全身发抖，颤声道："我……我……"

楚留香道："你若是施茵，她又是谁呢？"

左明珠呻吟一声，突然晕了过去。

叶盛兰、施茵和梁妈坐在一边，脸上的表情都很奇特，也不知是惊惶，是紧张，还是欢喜。

倚剑、小秃子和小麻子站在旁边发呆，显然还弄不懂这是怎么回事，心里又是疑惑，又觉好奇。

左明珠倚在薛斌怀里，仿佛再也无力站立。

他们本是“不认得”的，但左明珠一晕倒，薛斌就不顾一切，将她抱了起来，再也不肯松手了。

大家的心情虽不同，表情也不同，每个人的眼睛却都在望着楚留香，都在等着他说话。

楚留香将灯芯挑高了些，缓缓道：“我听到过很多人谈起‘鬼’，但真的见过鬼的人，却连一个也没有，我也听人说过‘借尸还魂’……”

他笑了起来，接着道：“这种事本来也很难令人相信，但这次我却几乎相信了，因为亲眼见到左姑娘死，又亲眼见到她复活。”

大家都在沉默着，等他说下去。

楚留香道：“我也亲眼见到施姑娘的尸身，甚至连她死时穿的衣服，都和左姑娘复活时说的一样，这的确是‘借尸还魂’，谁也不能不信。”

小秃子眼睛都直了，忍不住道：“但现在施姑娘并没有死，左姑娘又怎么会说话呢？施姑娘既没有死，她的尸身又是怎么回事？”

楚留香笑道：“这件事的确很复杂，我本来也百思不得其解，直到我无意中闯入这屋子，发现了火炉中的梳妆匣花粉。”

小秃子道：“梳妆匣子和‘借尸还魂’又有什么关系？”

楚留香道：“你若想听这秘密，就快去为我找一个人来，因为她和这件事也有很大的关系，她一定也很想听。”

小秃子还未说话，梁妈忽然道：“香帅要找的可是那位石姑娘？”

楚留香道："不错，你也认得她？"

梁妈苍老的脸居然也红了红，道："我已将她请来了，可是石姑娘一定要先回去换衣裳，才肯来见香帅。"

楚留香叹了口气，不说话了，因为他也无话可说。

幸好石绣云年纪还轻，年轻的女孩子修饰得总比较快些——女人修饰的时间，总是和她的年龄成正比。

石绣云看到这么多人，自然也很惊讶。

小秃子比她更着急，已抢着问道："梳妆匣子和这件事到底有什么关系？"

楚留香笑了笑，道："火炉里有梳妆匣，就表示必定有一双男女时常在这里相会。我本来以为是另外两个人，但她们身上的香气却和这匣子里的花粉不同。"

他没有说出薛红红和花金弓的名字，因为他从不愿伤害到别人，但这时左明珠的脸已红了。

小秃子瞟了她一眼，忍不住又道："你听我一说……"

楚留香打断了他的话，道："我听你一说，就猜出其中有一人必是薛公子，但是薛公子的……的'朋友'是谁，我还是猜不出。"

他这"朋友"两字倒用得妙极，薛斌的脸也红了。

楚留香道："我本来以为是石大姑娘，直等我见到这位倚剑兄弟时，才知道我想错了。"

倚剑垂下了头，眼泪已快流下来。

楚留香又道："于是我更奇怪了，石大姑娘既然和薛公子全无关系，薛公子为何会对她的病情那么关心？又为何会对她的二叔那么照顾？他甚至宁愿被绣云姑娘误会，也不愿辩白，反而想将错就错……所以我想这其中必定有绝大的隐秘，否则任何人都不愿背这种冤名的。"

石绣云狠狠瞪了薛斌一眼，自己的脸也红了。

楚留香道："我想这秘密必定和石大姑娘之'死'有关，所以，我不惜挖坟开棺，也要查明究竟，谁知……"

小秃子抢着道："谁知石大姑娘也没有死，棺材里只不过是些砖头而已。"

楚留香叹了口气，道："石大姑娘倒的确是死了。"

小秃子眼睛发直，道："那么……她的尸身又怎会变成砖头呢？"

楚留香道："因为她的尸身已被人借走。"

他不让小秃子说话，已接着道："就因为薛公子要借她的尸身，所以才那么关心她的病情，就因为封棺的人是她的二叔，所以薛公子才会对她的二叔那么照顾！"

小秃子抢着道："可是……可是薛公子要石大姑娘的死尸有什么用呢？"

他实在愈听愈糊涂了。

楚留香道："只因薛公子要用石大姑娘的尸体，来扮成施茵姑娘的尸体，让别人都以为施姑娘真的已死了。"

他叹息接道："石大姑娘的身材、面容也许本就有几分和施姑娘相似，何况，人死后面容有些改变，任何人也都不会对死尸看得太仔细的，装扮得虽然不太像，也必定可以混过去，更何况梁妈也参与了这秘密。"

梁妈的头也低下来。

小秃子摸着秃头，道："可是……施姑娘又是为了什么要装死呢？"

楚留香笑了笑，道："施茵若是没有死，左明珠又怎能扮得出'借尸还魂'的把戏？"

小秃子苦笑道："我简直愈听愈糊涂了，左姑娘好好一个人，为什么要……"

楚留香打断了他的话，道：“这件事看来的确很复杂，其实却很简单，因为这其中最大的关键，只不过是个‘情’字。”

他的目光自左明珠面上扫过，停留在薛斌面上，微笑着道：“左明珠自幼就被许配给丁家的公子，这本是一段门当户对的良缘，只可惜她偏偏遇见了薛斌，又偏偏对他有了情意。”

小秃子道：“但薛家和左家岂非本是生冤家活对头吗？”

楚留香道：“不错，左明珠见到薛公子时，只怕也知道自己是绝不该爱上他的，只不过‘情’之一字最是微妙，非但别人无法勉强，就连自己也往往会控制不住，有时你虽然明知自己不该爱上某一个人，却偏偏会不由自主地爱上了他。”

石绣云忽然叹息了一声，道：“我常听说过一个人若坠入了情网，往往就会变成瞎子。”

楚留香温柔地瞧了她一眼，道：“有些人虽然本愿变成瞎子，但世上却还是有许多人要令他的眼睛不得不睁开来。”

他目光回到左明珠和薛斌身上，接着道：“左明珠和薛公子虽然相爱极深，但也知道两人是永无可能结合的，若是换了别的人，在这种情况下也许会双双自杀殉情……”

石绣云茫然凝注着烛光，喃喃道：“这法子太笨了。”

楚留香道：“这自然是弱者所为……”

石绣云忽然抬起头，道：“若换了是我，我也许会……会私奔。”

她鼓足了很大的勇气，才说出这句话，话未说完，脸已红了。

楚留香摇了摇头，柔声道：“私奔也不是好法子，因为他们明知左、薛两家是世仇，他们若是私奔了，两家的仇恨也许会因此而结得更深……”

他微微一笑，接道：“何况，两家的生死决斗已近在眼前，他们私奔之后，若是知道自己的父兄已被对方所杀，又怎能于心无疚？”

石绣云黯然点了点头，幽幽道：“不错，私奔也不是好法子，并不能解决任何事……”

楚留香道：“左明珠和薛公子非但不是弱者，也不是笨人，他们在无可奈何之中，竟想出一个最荒唐，却又是最奇妙的法子，那就是……”

小秃子忍不住抢着道：“借尸还魂！”

楚留香微笑着点了点头，道：“正是借尸还魂！”

他以赞许的目光瞧了左明珠一眼，接着道：“左明珠若真借了施茵的魂而复活，那么左明珠已变成了施茵，施茵本是薛斌未过门的妻子，自然应该嫁薛斌，左二爷无法反对，薛大侠也不能不接受。”

小秃子道：“施举人和花金弓呢？”

楚留香笑了笑道：“花金弓本意只是想和薛大侠多拉拢一层关系，见到明明已死了的女儿‘复活’，高兴还来不及，怎会反对呢？”

小秃子点头笑道：“好极了。”

楚留香道：“最妙的是，施茵‘借’了左明珠的躯壳，左明珠又‘借’了施茵的‘魂’，左明珠和施茵事实上已变成一个人，这个人嫁给薛斌后，那么左二爷就变成了薛斌的岳父大人，也就变成了薛大侠的儿女亲家……”

小秃子抢着道：“因为无论怎么说，薛大侠的媳妇至少有一半是左庄主的女儿，两人心里头纵然不愿意，可也没法子不承认。”

楚留香笑道：“正是如此，到那时两人即使还有决斗之心，只怕也狠不下心来了，因为全家的仇恨毕竟已很遥远。”

小秃子拍手笑道：“这法子真妙极了……”

小麻子忽然道：“但也荒唐极了，若换了是我，就一定不相信。”

楚留香道：“不错，所以他们的计划必须周密，实行起来更要做得天衣无缝，那么别人就算不信，也不能不信了。”

他接着道："要实行这计划，第一，自然是要得到施茵的同意，要施茵肯装死。"

小秃子又抢着道："施姑娘自然不会反对的，因为她也另有心上人，本来就不肯嫁给薛公子的。"

楚留香含笑道："正是如此，我听说施姑娘所用花粉俱是一位叶公子自京城带来时，已有了怀疑，那时我就在想，也许施姑娘是在诈死逃婚。"

小秃子道："所以就要我们去调查叶盛兰这个人。"

楚留香道："不错，我等见到他们两位时，这件事就已完全水落石出了。"

他接着道："我不妨将这件事从头到尾再说一次！

"左明珠和施茵早已约好了'死'的时辰，所以那边施茵一'死'，左明珠在这边就'复活'了。

"施茵自然早已将自己'死'时所穿的衣着和屋子里的陈设全都告诉了左明珠，所以左明珠'复活'后才能说得分毫不差。

"为了施茵要装死，所以，必须要借一个人的尸身，恰巧那时石大姑娘已病危，所以薛公子就选上了她。

"薛公子买通了石大姑娘的二叔，在人死时将她的尸身调包换走，改扮后送到施茵的闺房里，将活的施茵换出来。

"梁妈对施茵爱如己出，一心只希望她能幸福，这件事若没有梁妈成全，就根本做不成了。"

说到这里，楚留香才长长吐出口气，道："这件事最困难的地方，就是要将时间拿捏得分毫不差，其余的倒并没有什么特别困难之处。"

小麻子也长长吐出口气，笑道："听你这么样一说，这件事倒真的像是简单得很，只不过你若不说，我是一辈子也想不通的。"

楚留香笑道：“现在你已想通了吗？”

小麻子道：“还有一点想不通。”

楚留香道：“哦？”

小麻子道：“左姑娘既然根本没有死，左二爷怎会相信她死了呢？”

楚留香道：“这自然因为左姑娘早已将那些名医全都买通，若是找十位名医都诊断你已病入膏肓，无可救药时，只怕连你自己都会认为自己死定了，何况……”

他忽然向窗外笑了笑，道：“何况那其中还有位张简斋先生，张老先生下的诊断，又有谁能不信，张老先生若是说一个人死了，谁敢相信那人还能活得成？”

只听窗外一人大笑道：“骂得好，骂得好极了，只不过我老头子既然号称百病皆治，还怎能不治治人家的相思病，所以这次也只好老下脸来骗一次人了。”

长笑声中，张简斋也推门而入。

左明珠、薛斌、施茵、叶盛兰四个人立刻一齐拜倒。

楚留香也长揖笑道：“老先生不但能治百病，治相思病的手段更是高人一等。”

张简斋摇头笑道：“既然如此，香帅日后若也得了相思病，切莫忘了来找老夫。”

楚留香笑道：“那是万万忘不了的。”

张简斋笑眯眯道：“可惜的是，若有谁家的少女为香帅得了相思病，老夫只怕也治不了。若说香帅为谁家少女得了相思病，那只怕天下再也无人相信。”

楚留香笑而不语，因为他发现石绣云正在盯着他。

张简斋扶起了左明珠，含笑道：“老夫这次答应相助，除了感于你们的痴情外，实在觉得你们的计划非但新奇有趣，而且的确可算是天衣无缝。只可惜你们为何不迟不早，偏要等到香帅来时才实行，难道你们想自找麻烦不成？”

左明珠红着脸，嗫嚅着说不出话来。

楚留香笑了笑，道：“这原因我倒知道。”

张简斋道：“哦？”

楚留香笑道：“他们就是要等我来，好教我去做他们的说客，因为我既亲眼见到此事，就不能不管，谁都知道我是个最好管闲事的人。”

他又笑道：“他们也知道我若去做说客，薛大侠和施举人对这件事也不能不信了，因为……”

张简斋截口笑道：“因为江湖中人人都知道楚香帅一言九鼎，只要是楚香帅说出来的话，就万万不会假。”

他又转向左明珠，道：“你们的如意算盘打得倒不错，只可惜你们还是忘了一件事。”

左明珠垂首道：“前辈指教。”

张简斋道：“你们竟忘了楚香帅是谁也骗不过的，如今你们的秘密已被他揭穿，难道还想他去为你们做说客吗？”

左明珠等四人又一齐拜倒，道：“求香帅成全，晚辈感激不尽。”

楚留香笑道：“你们何必求我，我早就说过，我是个最喜欢管闲事的人，而且从来不喜欢煞风景，能见到有情人终成眷属，要我做什么都没关系。”

张简斋拊掌道：“楚香帅果然不愧为楚香帅，其实老夫也早已想起，香帅揭破这秘密，只不过不愿别人将你看作糊涂虫而已。”

他转向左明珠等人，接着道：“如今你们也该得到个教训，那就是你们以后无论要求香帅做什么事，最好都先向他说明，无论谁想要楚香帅上当，到后来总会发现上当的是自己。”

小秃子和小麻子并不算很小了，有时他们甚至已很像大人，至少他们都会装出大人的模样。

但现在他们看来却彻头彻尾是两个小孩子，而且是两个受了委屈的小孩子，无论任何人都可以很容易地就在他们嘟起的嘴上挂两个油瓶。

方才施茵和梁妈坚持要请大家到“她们家里”去喝两杯，张简斋自然没有去，因为他已够老了，而且又是位“名医”，总觉得吃过了晚饭后若是再吃东西，就是在和自己的肠胃过不去。

“喝酒”在他眼中看来，更好像是在拼命。

左明珠和薛斌也没有去，因为他们要回去继续扮演他们的戏，自然不能冒险被别人见到他们。

梁妈和施茵也没有坚持要他们去。

可恨的是，小秃子和小麻子虽然想去，却没有人请他们，这对两个半大不小的孩子的自尊心实在是种打击。

小麻子嘟着嘴，决心不提这件事。

小秃子连想都不敢去想。

他尽量去想别的事，嘴里喃喃道：“这些人又诈病，又装死又扮鬼，又费心机，又担心事，又流眼泪，为的却只不过是个‘情’字，嘿嘿……”

他咧开嘴轻笑了几声，才大声道：“我真不懂这见鬼的‘情’字有什么魔力，竟能令这么多人为了它发疯病。”

小麻子道：“我也不懂，我只望这一辈子永远莫要和这个字扯上关系。”

他用力踢起块石头，就好像一脚就能将这“情”字永远踢走似的，却不知“情”字和石头绝不一样，你无论用多大力气，都踢不走的。你以为已将它踢走时，它一下子却又弹了回来，你用的力气愈大，它弹回来的力道也愈强。你若想一脚将它踩碎，这一脚往往会踩在你自己心上。

小秃子沉默了半天，忽然又道："喂，你看左二爷真的会让他女儿嫁给薛二少吗？"

小麻子道："他不肯也不行，因为他女儿的'魂'已是别人的了。"

他似乎觉得自己这句双关话说得很妙，忍不住哧哧地笑了起来，肚子里的气也消了一半。

小秃子瞪了他一眼，道："但薛庄主呢，会不会要这媳妇？"

小麻子道："若是换了别人去说，薛庄主也许不答应，但楚香帅去说，他也是没法子不答应的。"

小秃子点了点头，道："不错，他欠楚香帅的情，好像每个人都欠楚香帅的情。"

小麻子撇了撇嘴，道："所以那老太婆才死拖活拉地要请他去喝酒……"

小秃子忽然"啪"地给了他一巴掌，道："你这麻子，你以为她真是想请香帅喝酒吗？"

小麻子被打得直翻白眼，吃吃道："不是请喝酒……是干什么？"

小秃子叹了口气，道："说你是麻子，你真是麻子，你难道看不出他们这是在替香帅做媒吗？"

小麻子怔了怔，道："做媒？做什么媒？"

小秃子道："自然是做那位石绣云姑娘的媒。他们觉得欠了楚大哥的情，所以就想拉拢楚大哥和石姑娘。"

小麻子一拍巴掌，笑道："对了，我本在奇怪，那位石姑娘一个没出门的闺女，怎么肯三更半夜地跑到别人家里去喝酒，原来她早已看上我们楚大哥了。”

小秃子笑道：“像楚大哥这样的人，人有人才，相有相貌，女孩子若看不上他，那才真是怪事。”

小麻子道：“可是……楚大哥看得上那位石姑娘吗？”

小秃子摸着脑袋，道：“这倒难说了……不过那位石姑娘倒也可算是位美人儿，也可配得上楚大哥了，我倒很愿意喝他们这杯喜酒。”

小麻子道：“如此说来，这件事的结局倒是皆大欢喜，只剩下我们两个，三更半夜的还像是孤魂野鬼似的在路上穷逛，肚子又饿得要死。”

小秃子“啪”地又给了他一巴掌，道：“你这人真没出息，人家不请咱们吃夜宵，咱们自己难道不会去吃？那边就有个摊子还没有打烊，我早已嗅到酒香了。”

长街尽头，果然还有一盏孤灯。

灯光下，一条猛虎般的大汉正箕踞在长板凳上开怀畅饮，面前的酒坛已堆满了。

卖酒的老唐早已呵欠连天，恨不得早些收摊子，却又不敢催这位客人走。他卖了一辈子酒，也没有见过这样的酒鬼。

虽已入冬，这大汉却仍精赤着上身，露出一身黑黝黝的皮肤，就像是铁打的。老唐刚将两角酒倒在一个大海碗里，这大汉长鲸吸水般一张嘴，整整十二两上好黄酒立刻就点滴无存。

老唐用两只手倒酒，却还没有他一张嘴喝得快。

小秃子和小麻子也不禁看呆了。

小麻子吐了吐舌头，悄声道：“好家伙，这位仁兄可真是个大酒缸。”

小秃子眨了眨眼，道：“他酒量虽不错，也未必就能比得上我们的楚大哥。”

小麻子笑道：“那当然，江湖中谁不知道楚大哥非但轻功无双，酒量也没有人比得上。”

他们说话的声音本不大，老唐就连一个字也没有听到，但那大汉的耳朵却像是特别灵，忽然一拍桌子，站了起来，大声道：“你们的楚大哥是谁？”

这人浓眉大眼，居然是条很英俊的汉子，尤其是一双眼睛，亮得就好像两颗大星星一样。

但是他说话的神气实在太凶，小秃子就第一个不服气，也瞪起眼道：“我们的大哥无论是谁你都管不着。”

他话还未说完，这大汉忽然就到了他们面前，也不知怎么伸手一抓，就将两个人全抓了起来。

小秃子和小麻子本也不是好对付的，但在这人手里，就好像变成了两只小鸡，连动都动不了。

和这大汉比起来，这两人的确也和两只小鸡差不多。

他将他们提得离地约莫有一尺多高，看看他们在空中手舞足蹈，那双发亮的眼睛里，似乎还带着些笑意。

但他的声音还是凶得很，厉声道：“你们两个小把戏仔细听着，你们方才说的楚大哥就是楚留香那老臭虫，快带我去找他……”

小秃子大骂道：“你是什么东西，敢骂楚大哥是老臭虫，你才是个大臭虫，黑臭虫！”

小麻子也大骂道：“楚大哥只要用一根小指头，就能将你这臭虫捏死，我劝你还是……还是夹着尾巴逃吧！”

小秃子道：“臭虫哪有尾巴，臭虫的尾巴是长在头上的，夹也夹不住。”

两人力气虽不大，胆子却不小，骂人的本事更是一等一，此刻已豁出去了，索性骂个痛快，就算脑袋开花也等骂完了再说。

谁知这大汉反而笑了，大笑道：“好，算你们两个小把戏有种，但别人怕那老臭虫，我却不怕，若比起喝酒来，他更差得多。你们若不信，为何不问他去？”

## 第十二章

## 一夜缠绵

气锅鸡、红烂鸭、狮子头、清蒸鱼……这些都是要讲究火候的功夫名菜，梁妈想必已准备一整天了。

但这些菜现在却还是原封不动地放在桌子上，因为桌上只剩下了两个人，而这两人连一点吃菜的意思都没有。

客人并没有走，走的反而是主人，每个人走的时候，都有一套很好的理由，虽然谁都听得出那些理由是编的。

他们的意思只不过是想将楚留香和石绣云两个人单独留下来而已，这意思非但楚留香懂得，石绣云也懂得。

妙的是她并没有要别人留下来，自己也没有走。

她拿着筷子，轻轻敲着酒杯，像是想敲碎屋子里的静寂，又像是觉得这双手没处安放，所以要找些事来做做。

她脸上薄薄的一片红晕，在淡淡的灯光下看来，真是说不出的娇艳，说不出的妩媚。她低垂着眼，长长的睫毛覆盖在眼帘上，白玉般的牙齿轻轻咬着樱桃般的红唇，咬得却又不太重。

院子里秋风吹着梧桐。

翠碧色的酒，浮动着阵阵幽香。

如此佳夜，如此佳人，如此美酒，纵然不饮，也该醉了。

对佳人和美酒，楚留香的经验也许比大多数的人都丰富得多，但也不知为了什么，此刻他的心竟也在跳个不停。

他很少听到自己心跳的声音。

石绣云忽然抬起眼睛，眼波从他的脸上滑到他的手，两颊上露出了一对浅浅的酒窝。

她轻轻地问："你不敬我酒？"

楚留香道："你会喝酒？"

石绣云眼波流动，道："你若敢跟我拼酒，我一定把你灌醉。"

楚留香也笑了，道："好，我敬你一杯。"

石绣云撇了撇嘴，道："多小气，要敬就敬三杯，你……你怕我会喝醉？"

她很快地倒了三杯酒，很快地就喝了下去。

一个人会不会喝酒，从他举杯的姿势就可以看得出，楚留香一看她举杯的姿势，就知道她至少是喝过酒的。

他也喝了三杯，笑道："老实说，我倒真未想到你会喝酒，而且酒量还不错。"

石绣云用眼角瞟着他，道："怎么，你看我像是乡下人，是不是？告诉你，乡下人也会喝酒的。"

她又开始倒酒，悠悠地接着道："再告诉你，今年过年的时候，我一个人就喝了一坛，你信不信？"

楚留香失笑道："如此说来，我倒真该找小胡来跟你喝酒才是。"

石绣云道："小胡是谁？"

楚留香道："他叫胡铁花，是我的老朋友，也是我的好朋友，他的酒量比我强得多。"

石绣云笑道："好，下次你把他找来，我把他灌醉给你看，可是今天……今天……我却只要跟你喝酒。"

她举起杯，道："来，我敬你。你敬我三杯，我敬你六杯，我的气派比你大多了吧？”

楚留香摸了摸鼻子，道：“六杯？”

石绣云咕嘟一口，将第一杯酒喝了下去，道：“六杯，你嫌少，还是嫌多？”

楚留香笑道：“好像是多了些。”

石绣云瞪着他，娇嗔道：“怎么，你怕我喝醉是不是？只要你自己不醉就好了，莫管我。”

这六杯酒她喝得更快，喝完了她的脸更红了。

楚留香柔声道：“我喝完了这六杯，就送你回去好不好？”

石绣云眼珠子一转，道：“你……你先喝完再说。”

六杯酒在楚留香说来，自然算不了什么。

他喝完了六杯，就问道：“现在你该回去了吧？”

石绣云咬着樱唇，低下头，慢慢地将一双新绣鞋脱了下来，却将一双白生生的天足盘在椅上，然后又慢慢地抬起头，凝视着楚留香，一字字道：“我不回去。”

楚留香道：“你……你不回去？为什么？”

石绣云又倒酒，道：“没有为什么，我就是不想回去。”

她眼波在楚留香脸上一转，嫣然道：“来，现在该轮到你敬我酒了。”

楚留香只有摸鼻子，摸自己的鼻子。

石绣云垂下头，幽幽地道：“我的心情不好，我想喝酒，你难道就不肯陪陪我？”

楚留香暗中叹了口气，道：“只要你不喝醉，我陪你喝三天都没关系。”

石绣云道：“你怕我喝醉？”

楚留香苦笑道：“谁喝醉我都怕，我什么都不怕，就怕喝醉酒的人。”

石绣云扑哧一笑，道：“我保证绝不喝醉，行不行？”

楚留香只有举杯，道：“好，我敬你。”

其实楚留香自然也知道，没有人能保证自己不喝醉的，唯一能要自己不喝醉的法子，就是根本不喝。

这法子虽不算妙，却很有效。

只可惜很多人都不肯用这法子，所以每天喝醉酒的人还是很多。

楚留香也知道劝人喝酒固然不好，劝人不喝也不好，因为你愈劝他不喝，他往往会喝得愈多。

他只希望石绣云的酒量真的不错。

石绣云酒量的确不错，只不过没有她自己想象中那么好而已——每个人的酒量都没有自己想象中那么好的。

石绣云的眼波已不如方才那么灵活了。

她瞪着楚留香，用筷子指着楚留香的鼻子，哧哧笑道：“你不是好人，我早就知道你不是好人……我第一次看见你的时候，就知道我要倒霉了。”

楚留香苦笑道：“我哪点不好？”

石绣云咯咯笑道：“你把我灌醉了……你把我灌醉了。”

楚留香又好气，又好笑，道：“你不是说你不会醉的吗？”

石绣云皱了皱鼻子，扮了个鬼脸，又把脚放了下去，喃喃道：“这么闷，闷死人，陪我出去走走好不好？”

楚留香立刻站了起来，道：“好。”

石绣云弯下腰，几乎将头伸到桌子底下了，道：“我的鞋……我的鞋子呢？”

她的鞋子已踢到楚留香这边来了。

楚留香只有替她捡了起来。

谁知石绣云抬起脚，哧哧笑道："你替我穿上……你不替我穿上，我就不走。"

纤秀的脚，盈盈一握。

楚留香的心不觉又在跳。

对他这样的男人说来，这小丫头做得实在未免太过分了，简直就好像在欺负他，好像说他不敢似的。

楚留香简直忍不住想给她点教训了。

可是这次楚留香却什么也没有做，只是替她穿上鞋，扶她出了门，她两只手挂在楚留香肩膀上，整个人都挂在他肩膀上。

夜凉如水。

星光映在青石板路上，青石板路映着星光。

秋风温柔得就像是情人的呼吸。

楚留香忽然觉得自己也有些醉了。

他全未看到黑暗中还有双发光的眼睛在盯着他。

木屋里并不太暗，因为星光也悄悄地潜了进来。

楚留香也不知为什么要听石绣云的话，为什么又将她带来这里，也许他真的有些醉了。

石绣云快乐得就像只云雀，轻灵地转了个身，道："你可知道我为什么要到这里来？"

楚留香没有说话。

石绣云道："因为这是我第一眼看到你的地方。"

楚留香道："走吧。"

此时此刻，突然说出这两个字来，实在妙得很。

石绣云道："走？为什么要走？"

楚留香道："你若再不走，可知道我会怎么样？"

石绣云娇笑着，摇着头。

楚留香尽量使自己的表情看来凶狠些，沉着声音道："你既已知道我不是好人，你就该猜得出我要做什么事，你快些走是你的运气，否则我就要撕破你的衣服，然后……"

他话还没有说完，石绣云突然"嘤咛"一声，投入他怀里，紧紧地钩住了他的脖子，道："你真坏，坏死了，我就知道你总有一天会这样对我的。"

楚留香怔住了。

他只不过是在嘴上说说，想吓吓她而已，谁知她自己反而"实行"了起来，他想推……

他却推到了最不该推的地方。

石绣云的笑声如银铃，断断续续的银铃，她握起了他的手，将他的手塞入她的衣襟里，悄悄道："你摸摸我身上是不是在发烧？"

她身上的确在发烧。

楚留香虽然有些舍不得，还是很快地就将手抽了出来，谁知石绣云却又拿起他的手，狠狠咬了一口。

她咬着他的手指，道："你这个坏东西，你一直在勾引我，从头到尾都在勾引我，你以为我不知道？现在你又要逃了，你若敢逃走，小心我咬断你的手指。"

楚留香是个男人，而且没有毛病。

一点毛病也没有。

太阳已升起。

阳光照入窗户，照在石绣云腿上。

她的腿修长，笔挺。

就算再挑剔的人，也不能不承认这双腿诱人得很。

楚留香的目光从她的腿，慢慢移到她脸上，她脸上还有一抹红晕，呼吸是那么安详，睡得就好像婴儿一样。

望着这张脸，楚留香心里忽然有说不出的后悔。

他并不是柳下惠，也从来不想做柳下惠，可是这一次，他却希望昨天晚上自己是个柳下惠。

他也曾经和别的女孩子很亲密，但是那都不同。那些女孩子都很坚强，都很有勇气。

他知道她们纵然会对他怀念，也不会为他痛苦。

而现在依偎在他身上的女孩子却不同，她是如此纯真，如此幼稚，如此软弱……

他不敢想象自己离开她之后，她会怎么样?

“她会不会自杀？”

想到这里，楚留香真恨不得重重打自己几个耳光了。

石绣云的腿轻轻缩了缩，脸上渐渐又露出了酒窝。

然后她睁开了眼睛。

楚留香几乎不敢接触她的眼波。

石绣云翻了个身，忽然轻轻地呻吟了起来，带着笑道：“我的头好疼。”

楚留香柔声道：“想到第二天的头疼，以后你总该少喝些酒了吧。”

石绣云哧哧笑道：“我听说爱喝酒的人记性都不好，过两天就会将酒醉后的难受忘得干干净净了。”

楚留香也不禁失笑道：“一点也不错，据我所知，小胡至少已经戒了一千次酒了，每次头疼时他都嚷着要戒酒，可是不到半天就开了戒。”

石绣云坐了起来，揉揉眼睛，笑道：“原来太阳已升得这么高了。”

楚留香道：“时候的确已不早，我……我实在不想走……”

他本要接着说：“虽不想走，却非走不可。”

可是这句话他无论如何也说不出来。

谁知石绣云却道：“你不想走，我却要走了。”

楚留香怔了怔，道：“你……”

石绣云道：“我知道你也该走了。”

楚留香道：“那么……那么以后我们……”

石绣云道：“以后？我们没有以后，因为以后你一定再也见不着我。”

楚留香怔住了。

石绣云忽然笑了笑，道：“你为什么吃惊？你难道以为我会缠住你，不放你走？”

她亲了亲楚留香的脸，站起来，开始穿衣服，深深道：“我和你根本就不是一个世界里的人，我就算能勉强留住你，或者一定要跟你走，以后也不会幸福的。”

楚留香简直说不出话来。

石绣云温柔地一笑，道：“我是个很平凡的人，以前一直过着平凡的日子，以后过的也一定是很平凡的日子，在我这一生中，能够跟你有这么样不平凡的一天……只要一天，我已很满足了，以后到我很老的时候，至少我还有这么一天甜蜜的回忆。”

她温柔地凝视着楚留香，柔声接道：“所以我无论如何都该感激你。”

楚留香坐在那里，心里也不知是什么滋味。

石绣云又亲了亲他，然后忽然就转身很快地走了出去，甚至连头都没有回过来瞧他一眼。

楚留香本来是希望她能好好走的，但现在她真的好好走了，楚留香心里反而觉得有些发酸、发苦。

他本来一心希望她走，现在却又希望她不要走得这么快了——人人都说女子的心情不可捉摸，其实男人又何尝不是如此。

楚留香盯着那扇门，好像希望她会忽然又推开门走进来似的。

门果然被推开了……

但从门外走进来的并不是温柔美貌的石绣云，而是条酒气冲天、刚生出满脸胡楂子的颀长大汉。

楚留香叫了起来，道："小胡，你怎么会找到这里来了？"

胡铁花没有回答这句话，却摇着头笑道："老臭虫，你实在有两手……你是用什么法子将那女孩子骗得肯乖乖走了的？这法子你一定得教教我。"

楚留香满肚子苦水，却吐不出来，拍着脸道："我何必教你，反正女孩子一看到你就逃得比马还快。"

他虽是在故意气气胡铁花，但也知道胡铁花绝不会生气，更不会难受——无论谁想要胡铁花难受，都困难得很。

谁知胡铁花听了这话，立刻哭丧着脸，笑也笑不出来了，站在那里发了半天呆，竟"啪"地给了自己一个耳刮子，大声道："不错，你说得一点也不错，我是个酒鬼，又是个穷光蛋，又懒又脏又丑，若有女孩子见了我不逃，那才是怪事。"

楚留香也看呆了。

他知道胡铁花并不是个喜欢开玩笑的人。他认识胡铁花二十多年，胡铁花永远都是高高兴兴，得意洋洋的。

现在他怎会变成这种样子？难道他有了什么毛病？

只见胡铁花眼泪汪汪的，居然像是要掉眼泪了。

楚留香忍不住笑道：“谁会说你丑，那人眼睛一定瞎了，你看你的鼻子、眉毛、眼睛……尤其是你这双眼睛，一万个男人中也找不出一个。”

胡铁花不由自主抬起手摸了摸自己的眼睛，像是觉得高兴了些，但忽又摇了摇头，苦着脸道：“就算我眼睛长得还不错也没有用，我是个穷光蛋。”

楚留香道：“男子汉大丈夫，穷一点有什么关系，只要你穷得骨头硬……世上的女孩子并非个个都是见钱眼开的。”

胡铁花不由自主挺起了胸膛，但忽又缩了下去，摇头道：“只可惜我又是个酒鬼。”

楚留香忍住笑道：“喝酒又有什么不好？喝酒的人才有男子气概，古来有名的英雄、将相、诗人，哪个不喝酒？女孩子见到你喝酒的豪气，一颗心早已掉进你酒杯里了。”

这话倒不假。

那年夏天，他们在莫愁湖上喝酒，胡铁花喝醉了，糊里糊涂地就答应了要和高亚男成亲。

但第二天他就将这回事忘了，高亚男却未忘，硬逼着他要她，还说他若赖账，她没有脸活下去，她就要自杀。

这下子立刻将胡铁花吓得落荒而逃，高亚男就在后面追。据胡铁花自己说，她竟追了他两三年。

这本是胡铁花的得意事，楚留香以为总可叫胡铁花开心些了，谁知胡铁花一听“高亚男”这名字，一张脸立刻就变得像吊死鬼一样。

楚留香奇怪，试探着问道：“莫非你又见着高亚男了？”

胡铁花道：“嗯。”

楚留香讶然道："她难道还不理你？"

胡铁花道："她……她就是不理我，简直就好像不认得我这个人似的。"

说出这句话，他更像个刚受了委屈的孩子。

楚留香更奇怪了，拉着他坐了下来，道："这到底是怎么回事，你仔细说给我听听。"

胡铁花道："有一天我得了两坛好酒，就去找'快网'张三，因为他烤的鱼最好，我记得你也很爱吃的。"

楚留香笑道："不错，只有他烤的鱼，不腥不老，又不失鱼的鲜味。"

胡铁花道："我和他正坐在船头烤鱼吃酒，忽然有条船很快地从我们旁边过去，船上有三个人，其中有个我觉得很面熟。"

楚留香失笑道："高亚男？"

胡铁花点着头长叹道："那时我也大吃一惊，就追下去，想跟她打个招呼，谁知她根本不理我，我拼命向她招手，她就像没瞧见。"

楚留香道："也许……也许她真的没有看到你。"

胡铁花道："谁说的？她就坐在窗口，眼睛瞪了我半天，却像是瞪着根木头似的，我一路追下去，她一路坐在窗口，可就是不理我。"

楚留香道："你为什么不索性跳上她的船，去问个明白？"

胡铁花苦着脸道："我不敢。"

楚留香失笑道："你不敢？为什么？她顶多也不过只能把你踢下船而已。"

胡铁花叹道："因为她的师父，华山派的那老尼姑也在船上，我倒真有点怕……我不是怕她别的，就怕她那张脸。"

华山剑派当代掌门人枯梅大师，庄严持重，据说已有三十年未露笑容，江湖中人无论谁见到她都难免有些害怕的。

楚留香动容道："枯梅大师已有二十余年未履红尘，这一次怎会下山来了？"

他忽然觉得这件事很有趣了，若没有十分重大的事，枯梅大师绝不会下华山，她既已下了华山，就必定有大事要发生。

楚留香忽然用力一拍胡铁花肩头，道："你莫难受，等我这里的事办完了，就陪你去找她，问问她为何不理你。"

胡铁花嘴角动了动，忽然道："你见了枯梅大师，一定也会大吃一惊的。"

楚留香道："为什么？"

胡铁花道："因为她已还俗了。"

楚留香叫了起来，道："枯梅大师会还俗！你见了鬼吧？"

枯梅大师落发出家已有四十余年，修为功深，戒律精严，若说她也会还俗，那简直比说楚留香做了和尚还要令人吃惊。

胡铁花苦笑道："我也知道这件事无论说给谁听，绝没有人会相信，但她的的确确是还俗了。"

楚留香道："你只怕是看错人了吧。"

胡铁花道："枯梅大师的容貌，任何人看了一眼都不会忘记，何况是我？"

楚留香道："可是……"

胡铁花道："我见着她时，她穿的是件紫缎团花的花袍，手里扶着根龙头拐杖，头上白发苍苍，看来就像是位子孙满堂的诰命夫人。"

楚留香说不出话来了。

枯梅大师居然下了华山，已令人吃惊，她会还俗，更令人难信，这其中必定又牵涉到一件稀奇古怪的大事。楚留香的兴趣愈来愈浓厚了。

他忽然跳了起来，飞奔出去，道："你在这里等我，午时前后，我一定回来陪你去。”

江湖中的确又发生了件大事，无论谁管这件闲事，都难免要有杀身之祸，楚留香若是聪明人，就该避得远远的。

只可惜聪明人有时也会做傻事。

《楚留香新传1：借尸还魂》完

相关情节请看《楚留香新传2：蝙蝠传奇》

读客文化将出版以下古龙经典作品

《小李飞刀1：多情剑客无情剑》

《小李飞刀2：边城浪子》

《小李飞刀3：九月鹰飞》

《小李飞刀4：天涯·明月·刀》

《陆小凤传奇1：金鹏王朝》

《陆小凤传奇2：绣花大盗》

《陆小凤传奇3：决战前后》

《陆小凤传奇4：银钩赌坊》

《陆小凤传奇5：幽灵山庄》

《陆小凤传奇6：凤舞九天》

《陆小凤传奇7：剑神一笑》

《楚留香新传1：借尸还魂》

《楚留香新传2：蝙蝠传奇》

《楚留香新传3：桃花传奇》

《楚留香新传4：新月传奇·午夜兰花》

《七种武器1：长生剑 · 孔雀翎》

《七种武器2：碧玉刀 · 多情环》

《七种武器3：离别钩 · 霸王枪》

《七种武器4：愤怒的小马 · 七杀手》

《萧十一郎》

《火并萧十一郎》

《绝代双骄》

《欢乐英雄》

《三少爷的剑》

《流星 · 蝴蝶 · 剑》

《武林外史》

《白玉老虎》

《圆月弯刀》

《大人物》

《绝不低头》

《碧血洗银枪》

《彩环曲》

《苍穹神剑》

《大地飞鹰》

《风铃中的刀声》

《护花铃》

《剑毒梅香》

《剑客行》

《猎鹰·赌局》

《名剑风流》

《飘香剑雨》

《七星龙王》

《失魂引》

《血鹦鹉》

《英雄无泪》

《游侠录》

《月异星邪》

读客

激发个人成长

多年以来，千千万万有经验的读者，都会定期查看熊猫君家的最新书目，挑选满足自己成长需求的新书。

读客图书以“激发个人成长”为使命，在以下三个方面为您精选优质图书：

**1. 精神成长**

熊猫君家精彩绝伦的小说文库和人文类图书，帮助你成为永远充满梦想、勇气和爱的人！

**2. 知识结构成长**

熊猫君家的历史类、社科类图书，帮助你了解从宇宙诞生、文明演变直至今日世界之形成的方方面面。

**3. 工作技能成长**

熊猫君家的经管类、家教类图书，指引你更好地工作、更有效率地生活，减少人生中的烦恼。

每一本读客图书都轻松好读，精彩绝伦，充满无穷阅读乐趣！

## 认准读客熊猫

读客所有图书，在书脊、腰封、封底和前后勒口
都有“读客熊猫”标志。

## 两步帮你快速找到读客图书

1. 找读客熊猫

2. 找黑白格子

马上扫二维码，关注“**熊猫君**”
和千万读者一起成长吧！

**图书在版编目（CIP）数据**

楚留香新传. 借尸还魂 / 古龙著. -- 上海 : 文汇出版社, 2019.1

（古龙文集）

ISBN 978-7-5496-2573-4

Ⅰ. ①楚… Ⅱ. ①古… Ⅲ. ①侠义小说－中国－当代 Ⅳ. ①I247.5

中国版本图书馆CIP数据核字（2018）第114147号

---

**著作权合同登记号：09-2018-480**

**楚留香新传：借尸还魂**

作　　者 / 古　龙

责任编辑 / 徐曙蕾
特邀编辑 / 宗建华　周奥扬
排版设计 / 黄巧玲
封面装帧 / 文　薇

出版发行 / 文匯出版社
上海市威海路 755 号
（邮政编码 200041）
经　　销 / 全国新华书店
印刷装订 / 北京中科印刷有限公司
版　　次 / 2019 年 1 月第 1 版
印　　次 / 2019 年 1 月第 1 次印刷
开　　本 / 890mm × 1270mm　1/32
字　　数 / 153 千字
印　　张 / 6.5

ISBN 978-7-5496-2573-4
定　　价 / 38.00 元

**古龙著作管理发展委员会　侵权必究**

装订质量问题，请致电010-87681002（免费更换，邮寄到付）